Michael Butterworth
und J. Jeff Jones

DIE UNHEIMLICHE KRAFT

Mondstation 1999

Michael Butterworth
und J. Jeff Jones

DIE UNHEIMLICHE KRAFT

Science-Fiction-Roman

BASTEI LÜBBE

BASTEI-TASCHENBUCH-MONDSTATION 1999 · Band 25002

Originaltitel: MIND-BREAKS OF SPACE
Ins Deutsche übertragen von Leni Sobez

Deutsche Lizenzausgabe 1977
Bastei-Verlag Gustav H. Lübbe, Bergisch Gladbach
Printed in Western Germany
Titelbild: ATV
Umschlaggestaltung: Roland Winkler
Satz: Neo-Satz, Hürth
Druck und Verarbeitung:
Mohndruck Reinhard Mohn OHG, Gütersloh

ISBN 3-404-00769-7

Der Preis dieses Bandes versteht sich einschließlich
der gesetzlichen Mehrwertsteuer

I

Es traf sie aus dem Nichts!

Es kam so unerwartet und plötzlich, daß Commander John Koenig völlig geschockt und für Sekunden keiner Reaktion fähig war. Er stand nur da und starrte ebenso verblüfft wie das ganze Personal der Kommandozentrale die warnenden Buchstaben auf dem großen Schirm an:

VERÄNDERUNG DES HORIZONTS!

Darunter blitzte eine Ziffer nach der anderen auf; sie bezeichneten den Beginn der Katastrophe:

0.01°, 0.02°, 0.03°, 0.04° . . .

»John«, rief Tony Verdeschi, »was, um Himmels willen. . . ? Wir ändern ja unseren Kurs!«

Die Worte des Sicherheitschefs brachen die Starre des Schocks, und Koenig handelte sofort wieder. »Ich sehe es, Tony«, sagte er, »aber ich verstehe es nicht.« Er warf einen raschen Blick über die Schulter. »Yasko«, befahl er, »zeig mir den Horizont.«

Die schöne japanische Computerspezialistin tippte einen ganzen Informationssatz in den Computer.

Unvermittelt hellte sich die graue Fläche des Schirmes auf, über den seit drei harten Jahren sämtliche Daten flackerten, die man sorgfältig sammelte, seit der Mond sich aus der Erdumlaufbahn gesprengt hatte.

Der Mondstützpunkt hatte einen friedlichen, ereignislosen Monat hinter sich. Wertvolle Informationen, die man während des unfreiwilligen und abenteuerlichen Fluges durch den Raum sammeln konnte, waren in die Speicherbank des Hauptcomputers aufgenommen worden. Das war lange zurückgestellt worden, doch es war gut, daß dies endlich geschehen war, weil es die Überlebenschancen gewaltig verbesserte. Als diese überraschende Information hereinkam, war damit aber plötzlich Schluß. Die ruhige, fast ferienähnliche Stimmung war im Nu verflogen.

Über der Schrift VERÄNDERUNG DES HORIZONTS, 2.000, erschienen weitere Daten. Als der Zeiger des Gyroskops langsam und beharrlich der Null entgegenrutschte, überlief es Koenig eiskalt.

Eine gewaltige Kraft wirkte da auf den Mond ein und zog ihn unwiderstehlich einem unbekannten Ziel entgegen?

»Maya!« rief er, behielt aber die alarmierenden Ziffern im Auge. »Was wirkt da auf uns ein?«

Die Frau beschäftigte sich bereits mit der Analyse des Phänomens. Die Augen der Psychonierin verkleinerten sich in gespannter Konzentration. Blitzschnell tanzten ihre Finger über die Eingabetasten ihres Computer-Terminals. Der kleine Monitor in ihrer Konsole zeigte jedoch nur eine Perlenschnur informationsloser Nullen. Der Sensor kapitulierte vor dem Unerklärlichen.

»John, ich habe keine Daten«, meldete Maya besorgt.

»Yasko, du mußt etwas auf dem Schirm finden«, forderte Koenig. »Schauen wir mal, wie es aussieht.«

Yasko suchte, und die erstaunliche Information vom großen Schirm verschwand, um der Samtschwärze des Raumes mit den Millionen Diamantpunkten der Sterne Platz zu machen. Eifrig suchten alle Augen in der Kommandozentrale nach einem bestimmten Punkt, der die geheimnisvolle Kraft erklären konnte.

Tony Verdeschi, der temperamentvolle Italiener, wurde leicht ungeduldig. Greifbare Probleme löste er gekonnt und schnell, aber wenn er vor einem völligen Rätsel stand, sah er rot. »Das sieht genauso aus wie sonst auch«, schnappte er.

»Welcher Faktor könnte für die Kursänderung verantwortlich sein, den wir nicht erkennen können?« fragte er Maya.

»Nur einer«, erwiderte sie, »ein Schwerkraftzug aus dem Raum.«

Koenig nickte. »Sieh zu, daß du die Quelle lokalisieren kannst.«

Sofort beugten sich Maya und Yasko über ihre Konsolen und erteilten den sensorischen Monitoren ihre Weisungen; diese stellten nämlich den Direkt-Kontakt zur Außenwelt der Basis Alpha dar. Die Kathodenröhren flackerten in einem programmierten Lichter-Code auf.

»Angenommene Position der Schwerkraftquelle«, berichtete Maya dem Kommandanten und der gespannt wartenden Crew, ». . . nicht festzustellen«, vollendete sie und schüttelte bestürzt den Kopf.

»Das gibt's doch nicht«, sagte Tony und las die Computeraufzeichnung ab, die aus der Ausgabe ratterte. Auch er schüttelte den Kopf.

Koenig überlegte einen Moment. »Gebt mir einen Dreimal-Sechzig-Grad-Rundblick«, befahl er.

Noch während er sprach, wurde die mächtige Linse über der Kommandantenzentrale auf der Mondoberfläche aktiviert. Langsam schwenkte sie herum und erfaßte die ganze galaktische Kuppel vor und über ihnen. Nichts deutete auf die geheimnisvolle Schwerkraftquelle.

Die Horizontziffern tickten von 9.00^0 nach 10.00^0 und 11.00^0.

»John«, sagte Tony leise zum Kommandanten, »was dann, wenn es ein schwarzer Zwerg ist?«

Dr. Helena Russell stand nahe genug neben ihnen und hörte die Frage. Instinktiv hatte sie einen Platz neben Koenig eingenommen, als die Alarmbereitschaft einsetzte, aber so, daß sie ihn dabei nicht von seiner Aufgabe ablenkte. Jetzt griff sie jedoch nach seinem Arm.

»Wenn wir mit einem schwarzen Zwerg zusammenstoßen . . .«, begann sie besorgt, sprach aber auch sehr leise.

Koenig sah sie zuversichtlich an, um sie zu beruhigen, dann wandte er sich Tony zu. »Evakuierung vorbereiten!« befahl er. »Aber schnell!«

Tony lief sofort zum roten Schalter und legte ihn um. Sofort füllte der Lärm der Alarmsirenen alle Korridore des Mondstützpunktes. Tony schaltete die Sprechverbindung zu den Pilotenräumen. »Alle Eagles zur Evakuierung vorbereiten . . . zur Evakuierung vorbereiten«, wiederholte er.

Helena rief die medizinische Station. »Lazarettabteilung zur Evakuierung vorbereiten«, befahl sie und bestätigte so das Lichtsignal, das jetzt schon im gesamten Hospitalbereich aufblinkte.

Koenig überwachte den Monitor, um die Kursänderungen zu beobachten. Wieviel Zeit mochte ihnen noch bleiben? Mindestens das sorgfältig ausgewählte Personal, das von der kleinen Eagle-Flotte in Sicherheit gebracht werden konnte, war sofort abflugbereit.

VERÄNDERUNG DES HORIZONTS 17.00^0, meldete nun der große Schirm.

»Veränderungsrate konstant«, berichtete Maya. Plötzlich lehnte sie sich bestürzt vorwärts. »Aber die Annäherungsrate beschleunigt sich!«

Das wurde von Tony bestätigt. »Wir kommen dem Zentrum dieser Kraft schnell näher. Viel Zeit haben wir nicht mehr.«

Grimmig gab Koenig den einzig möglichen Befehl, der vielleicht sein letzter sein konnte. »Evakuierung«, befahl er.

Auf dem großen Schirm beobachteten sie das Abheben der Eagle-Schiffe. Sie rasten einer Überlebensmöglichkeit entgegen. Die Aussichten waren etwa so wie die eines winzigen Rettungsbootes, das man mitten in einem irdischen Ozean ausgesetzt hatte, nur daß man dort auf eine Insel oder ein zufällig vorbeifahrendes Schiff hätte hoffen dürfen. Im tiefen Raum konnte man mit solchen Möglichkeiten nicht rechnen.

Und nun bemerkten sie einen winzigen Lichtpunkt, der sich irgendwie von den Millionen Sternen unterschied. Es war ein glasiges, düsteres, pulsierendes Licht.

»Scharf einstellen und vergrößern«, befahl Koenig. Das Licht wurde von der Teleskoplinse in den Schirmmittelpunkt gerückt und erschien nun als ein glühender Ball in einer orangefarbenen Wolke.

»Identifizieren!« rief er.

Maya erwiderte: »Nur Schätzungen möglich.«

»Nur Schätzungen?« wiederholte er enttäuscht. »Warum nimmt unser Computer das nicht auf?«

Tony prüfte ihn auf seinen Sonderstromkreisen. »Scheint verändert zu arbeiten«, meldete er verblüfft.

Maya und Koenig tauschten besorgte Blicke, doch mit diesem Problem konnte man sich später auch noch befassen, falls es ein Später gab.

»Ist es das, was uns vom Kurs abdrängt?« fragte Koenig und deutete auf den Planeten vor ihnen.

»Nein, John«, antwortete Maya. »Ich nehme an, das ist nur ein kleiner Planet, dessen Schwerkraft nicht größer ist als bei uns.«

Und dann tauchte plötzlich ein unbekanntes Raumschiff auf dem Schirm auf.

Einen solchen Schiffstyp hatte Koenig bisher noch nie gesehen. Eine Eagle war es nicht; dieses Schiff war kleiner und schlanker, hatte aber doch irgendwie bekannte Umrisse. »Schiff abfangen«, befahl er.

Tony nahm Verbindung zu Eagle Eins und Zwei auf und befahl ihnen, aus der Evakuierungsformation auszuscheren. Einen Augenblick später meldete sich der Pilot von Eagle Eins.

»Eagle Eins an Mondbasis. Wir haben jetzt Sichtkontakt.«

Koenig nahm über sein eigenes Gerät mit dem Piloten Verbindung auf. »Kommandozentrale an Eagle Eins«, meldete er sich. »Stellt ihr ein abnormes Kraftfeld bei diesem Raumschiff fest?«

»Nein, John. Schwerkraft ist normal.«

Koenig lehnte sich nachdenklich zurück und schüttelte den Kopf. Er lauschte dem Informationsaustausch, als die Eagles in Abfangposition gingen. Das fremde Raumschiff setzte stur seinen Kurs zum Mond fort, so daß die Abfangschiffe keine Schwierigkeiten hatten. Es machte keinerlei Ausweichbewegungen. Er beobachtete, wie Eagle Eins unvermittelt mit einer Zündung der Richtungsraketen dem fremden Raumschiff entgegenraste.

»Eagle Eins an Raumschiff«, hörte er den Piloten sagen. »Eagle Eins an Raumschiff. Könnt ihr mich hören?« Eine Weile herrschte Schweigen, und kaum jemand wagte vor Spannung Atem zu holen. »Wir sind Freunde«, fügte der Pilot nach einer Weile noch hinzu.

Sie nahmen an, daß auf dem Schiff kein Leben sei, doch

plötzlich kam aus der Grabesstille eine Antwort. Es war eine jugendliche, hallende Stimme, die alle überraschte.

»Hallo, Eagle Eins!« rief sie. »Ich freue mich, euch zu hören. Eagles vom Planeten Erde, der guten alten Terra! Wow! Und das ist doch der liebe, gute, fette alte Mond, was?«

Der Pilot des Eagle war ebenso verblüfft wie das Personal der Kommandozentrale. Das konnte doch nur ein Witz sein! Er zögerte nur einen winzigen Augenblick, weil er sich nicht gerne auf den Arm nehmen ließ. Dann überlegte er noch einmal und wußte, daß dies wirklich war, was er eben gehört hatte. Er mußte also die Verständigung aufrechthalten.

»Eagle Eins an Raumschiff. Das ist der Mond.« Er holte tief Atem und fügte die Standardbitte hinzu. »Identifiziert euch, bitte.«

»Hallo, Eagle!« Die Stimme schien ihn nicht gehört zu haben. Sie schien sich auch nicht an die allgemein vereinbarten Verständigungsregeln halten zu wollen. »Wie geht's euch? Meine Blechdose ist eine Swift, auch von der Erde.«

Natürlich, dachte Koenig, als er das hörte. Die Swift war eine Modellvorgängerin der Eagle-Schiffe, konstruiert eigens für die Erforschung des tiefen Raumes. Aber allein konnte dieses Schiff doch gar nicht so weit gekommen sein! Swifts wurden von großen Mutterschiffen hinausgeschleppt.

Er brauchte keine Fragen zu stellen, denn die fröhliche Stimme sprach weiter. »Ich war mit drei anderen Swifts und einem Mutterschiff auf Sternmission. Die Erde verließen wir im Jahr neunzehnhundertsechsundneunzig.«

Koenig veranlaßte sofort eine Überprüfung durch den Computer. Diesmal flackerte die Antwort ohne Verzögerung auf Mayas Monitor auf. »Sternmission neunzehnhundertsechsundneunzig«, wurde da bestätigt. »Mutterschiff und vier Swifts unter dem Kommando eines Captain Michael.«

»Was geschah damit?«

»Verbindung brach ab. Schicksal unbekannt.«

Koenig überlegte, während sich der Eagle der Swift näherte. Beide, und dazu noch Eagle Zwei, wurden vom Mond angezogen.

»Hallo, Baby«, meldete sich wieder die Swift-Stimme. »Sag mal, war da nicht früher eine Basis auf dem Mond? Und hieß die nicht . . . hm. . . Alpha? Gibt's die noch? Und ist sie bemannt?«

»Mondbasis Alpha arbeitet«, bestätigte der Pilot des Eagle.

Diese Worte brachten Koenig die Krise verstärkt zu Bewußtsein. Die Logik sagte ihm, eine ausgefallene und ungewöhnliche Schwerkraft müsse sich auf die Eagles und das Swift-Raumschiff sehr stark auswirken, doch sie schienen davon nichts zu bemerken.

»Wir könnten viel besser arbeiten, wenn wir mehr über diese Schwerkraft wüßten«, sagte er und warf Maya einen fragenden Blick zu. »Haben wir inzwischen mehr Daten hereinbekommen?«

»Nein, Sir. Die auf den Monitor wirkenden Kräfte scheinen sich stabilisiert zu haben. Ich werde aber nachprüfen, um zu sehen, ob diese Schwerkraft wirklich eine Bedrohung darstellt, oder ob unser Computer eine Macke entwickelt hat.«

Koenig wollte gerade nach der Wahrscheinlichkeit einer solchen Panne fragen, als er von der aus den Lautsprechern der Kommandozentrale hallenden Swift-Stimme abgelenkt wurde.

»Swift an Alpha. . . He, fette Alpha! Junge, Junge, hör mir mal zu.« Helena lachte, weil die Stimme eine so lässige Sprache führte. »He, ich hab schon so lange keinen mehr gesehen oder gehört, daß ich's schon aufgegeben habe.« Tony wußte nicht recht, was er davon zu halten hatte, denn er beschäftigte sich noch immer mit der Katastrophe, die so unmittelbar bevorzustehen schien. »He, ihr dort!« plärrte die Stimme ungeniert. »Kann ich runterkommen und bei euch futtern?«

Koenig überlegte kurz, dann schaltete er sein Mikrophon auf den offenen Kanal. »Mondbasis Alpha an Swift. Kommen Sie herunter und leisten Sie uns beim Lunch Gesellschaft.« Dann schaltete er den Kanal wieder ab. Tony nickte er bedeutungsvoll zu.

Mit seinem Transmitter ging Tony nun auf eine Spezialfrequenz. »Waffenabteilung«, sagte er. »Laser bereithalten. Ziel: hereinkommendes Raumschiff der Swift-Klasse. Entfernung etwa fünfhundert Kilometer.«

Eine geschäftsmäßige Stimme erwiderte: »Waffenabteilung bestätigt Kommandozentrale. Verteidigungssystem aktiviert und einsatzbereit.«

Tony gab die Koordinaten der sich nähernden Swift in das automatische Zielsystem der Laser und drückte den Aktivierungsknopf, so daß Koenig auf seinem Kontrollschirm alles beobachten konnte, was nun geschah. Der Kommandant brauchte jetzt nur den Feuerknopf zu drücken, und dann wäre die Swift nur noch ein Haufen Raumschrott.

Die beiden Eagles setzten sich links und rechts von der Swift in Begleitposition, doch sie hielten genügend Abstand, da sie wußten, welche Vorsichtsmaßnahmen Koenig ergreifen konnte. Als die Swift sich zu einem Landekissen hinabfallen ließ und unter Einsatz der Bremsraketen sanft aufsetzte, blieben die Eagles oben und paßten scharf auf.

»Helena«, sagte Koenig und ging zur Tür der Kommandozentrale, »hättest du Lust, das Empfangskomitee zu vervollständigen?«

Zwei Sicherheitsmänner warteten schon am Eingang zum Tunnel, der sich zur Luftschleuse der Swift geschoben und dort angedockt hatte. Beide hielten ihre Stunner vorsichtshalber in Anschlag. Man hatte die Männer auf äußerste Aufmerksamkeit und Vorsicht gedrillt, als sie die Flugsicherheitsschule auf der Erde besuchten. Diesen Eindruck der Effizienz fand Koenig ausgezeichnet und pflegte ihn entsprechend. Alle dreihundert Mitglieder der Mond-Crew wurden ständig dazu ermuntert, ihre Fähigkeiten laufend zu trainieren und zu verbessern.

Die beiden Posten salutierten zackig, Koenig erwiderte den Gruß und ging in den Tunnel voran. Er war nur einen Schritt von der Luftschleusentür entfernt, als sie sich aufschob und ein wenig Luft zischend herausströmte. Innen sah er die Passagierkabine, die nur schwach beleuchtet und nach dem vage vertrauten Muster älterer Schiffe eingerichtet war. Nur die lavendelblaue dicke Polsterung unterschied sich von der funktionellen der neuen Schiffe wesentlich. Das stellte Helena sofort fest.

»Hier ist der Kommandant der Mondbasis Alpha«, kündigte Koenig laut an. »Wir kommen an Bord.«

Keine Antwort.

Die Sicherheitsposten legten die Sicherungen ihrer Waffen zurück und schoben sich vorsichtig hinein. Der Passagierraum war leer und schien auch schon lange nicht mehr benützt worden zu sein. Schnell ging der Leutnant weiter zur Tür der Pilotenkanzel. Der andere Posten hielt seine Waffe schußbereit, als sich die Tür öffnete.

Der Leutnant sprang in die Kabine, und sein Blick huschte von einem leeren Sitz zum anderen. Pilot, Kopilot und Navigator waren nicht da. Das Cockpit war ebenso verlassen wie ein ausgeplündertes Grab.

Im Tunnel berichtete der aufgeregte, fast verstörte Leutnant: »Sir, da ist nicht einer zu sehen.«

Auch Koenig war sehr verblüfft und beschloß, ein rascher Rückzug wäre wohl am sichersten. »Okay, Leutnant«, sagte er, »dann wollen wir also umkehren.«

»Nicht das geringste Zeichen, daß einer da ist. . .«

»Sieht alles ordentlich aus? Und wirkt etwas irgendwie ungewöhnlich?«

Der Leutnant schüttelte den Kopf. »Kann ich nicht sagen, Sir. Das Schiff ist nur ganz leer.«

Aus der Swift und durch ihre offene Tür war nun eine laute, klare Stimme zu vernehmen. »Okay, Kumpels, okay. Ihr habt euch also umgeschaut.« Alle vom Empfangskomitee drehten sich erstaunt um. »Ah, ich sehe schon, ihr seid gut bewaffnet. Hm, vorsichtige Leute. Jedenfalls habe ich gesehen, daß ihr wirklich von der Erde seid. Ist also okay. Wir sind alle Freunde.«

»Wer sind Sie?« platzte der Leutnant heraus.

»Komme schon, komme schon. Wo ist euer Kommandant?«

»Ich bin hier«, erwiderte Koenig.

»Und wie heißt du?«

Koenig sah Helena an, die sich auch über die lässige Mißachtung des Protokolls zu wundern schien. Vielleicht war sie auf die lange Einsamkeit im Raum zurückzuführen. »Koenig«, sagte er schließlich.

Helena stellt nun selbst eine Frage. »Und wie heißen Sie?«

»Ah, Lady, blöde Frage. Ich hab keinen Namen. Wart mal einen Moment, bin gleich bei euch.«

Wieder hatten die beiden Sicherheitsleute ihre Waffen schußbereit, als sie nun in die Luftschleuse der Swift schauten. Verwirrt ließen sie die Stunner aber sinken. In der Schleuse stand nämlich ein viereckiger Schrank von ungefähr vier Fuß Höhe. Er rollte auf versenkten Rädern heran; an der Vorderseite blinkten einige Lämpchen, und ihre Leuchtkraft wurde, je nach Energiezufuhr, stärker und schwächer. Obenauf war ein Videoskanner mit einer dreifachen Linse, der sich nun jeden einzelnen Angehörigen des Empfangskomitees vornahm. Eine dicke bräunliche Röhre folgte in ihrer Helligkeit dem Sprachfluß.

»König?« fragte die inzwischen bekannte Stimme, und die bräunliche Röhre leuchtete einmal auf.

Koenig hob seine Hand. »Das bin ich.«

»Fein, dich kennenzulernen.« Die Linse schwang weiter zu Helena.

»Aha. Und du bist die Lady.«

»Ich bin Doktor Russell.«

»Freut mich, Doktor Russell. Wie geht's? Wollt ihr mich jetzt mal in eurer süßen kleinen Mondbasis rumführen?«

Der Schrank rollte sicher und bestimmt vorwärts, ganz wie eine königliche Hoheit auf Besuch. Plötzlich blieb er stehen. »He, da sind doch hoffentlich keine Stufen oder Treppen?« fragte er. »Seht ihr, ich hab ja Räder und kann mir keinen Sturz leisten. Da haben sie nicht dran gedacht, als sie mich machten. He, Kumpels, und gebt auf meine Antenne acht.« Der Schrank schaukelte ein wenig, um die allgemeine Aufmerksamkeit auf den Metallstreifen zu lenken, der wie ein Schwanz vom Rücken herabhing und auf dem Boden nachschleifte. »Ich sag's euch lieber, was was ist, he? Das heißt, wer ich bin.«

Koenig musterte die unglaubliche Maschine ein wenig amüsiert und sehr vorsichtig. »Ja«, meinte er. »Wer bist du denn?«

»Wie ich schon gesagt hab, Sternmission neunzehnhundertsechsundneunzig. Unser Mutterschiff und die anderen Swifts sind auf einem Planeten gelandet, der jetzt ganz in der Nähe ist. Wir nannten ihn Planet D.« Koenig hätte schwören mögen, daß in der Stimme des Schrankes eine vorwurfsvolle, klagende Note mitschwang. »Und alle sind gestorben, alle. Einfach gestorben sind sie. Seither bin ich dauernd im Orbit und warte auf ein anderes Missionsschiff der Erde.«

Auch Helena hatte die Traurigkeit in der Stimme des Schrankes gehört. Die Wissenschaftlerin in ihr wußte aber, daß eine Maschine keine Gefühle haben konnte, und trotzdem hatte sie Mitleid. »Warst du«, fragte sie, »ein Mitglied der . . . ah . . . ursprünglichen Crew?«

»Ich bin ein rollender, sprechender und sehender Kopf, ein schönes Ersatzgehirn für den alten Computer der Swift. Er liefert die Energie, lagert die Daten – aber ich denke. Meine Antenne erlaubt mir, mich zu bewegen, während ich mit meinem. . . Körper sagen wir mal, Kontakt halte.«

Der Leutnant musterte den Schwanz des Schrankes mißtrauisch, streifte aber zufällig mit der Fußspitze über dessen Ende. Sofort spielten die Lichter und Zeiger an der Vorderseite verrückt sie zuckten und blitzten. »Du Trottel, du sollst nicht draufsteigen, hab ich dir doch gesagt! Ich kriege sonst Zustände, und von den Kopfschmerzen will ich erst gar nicht reden.«

»Entschuldige«, sagte der Leutnant und trat einen Schritt zurück.

Koenig fühte sich unsicher und gereizt. Er wußte, daß er jetzt eine ganz bestimmte Frage stellen müßte, doch die war ihm entfallen. »Und wie sollen wir dich nennen?« fragte er statt dessen.

Der Schrank schien sich schnell wieder beruhigt zu haben.

»Ich hab doch schon gesagt, daß ich keinen Namen hab. Mich gibt's nur einmal, also brauch ich auch keinen.«

»Du hast dich vorher Kopf oder Gehirn genannt . . .«

»So heiß ich nicht, das bin ich. Übrigens, das erste Wort, das ich sagen konnte, war Brain, aber ich hab's nicht richtig verstanden und die Buchstaben umgedreht. Wenn ihr mir einen Namen geben wollt, dürft ihr also Brian zu mir sagen.«

Das war also erledigt. Koenig gab Anweisung, zur Mondbasis zurückzukehren; der Tunnel löste sich von der Swift, verschloß sich auf beiden Seiten und machte sich auf den Rückweg. Brian hielt diese Idee für großartig und meinte dazu, es wäre doch ein himmlischer Spaß, den ganzen Tag damit hin und her, auf und ab zu fahren.

»Übrigens«, bemerkte Koenig, als sie durch einen Korridor zur Kommandozentrale gingen, »wir haben eine Kursveränderung des Mondes festgestellt. Ziemlich ausgeprägt sogar. Hat dein Computer . . . hast du darüber irgendwelche Daten?«

»Nein, hab ich nicht.« Brians Lichter blinzelten. »Was soll das heißen – Kursveränderung? Was zieht euch denn an?«

»Das möchten wir ja erst herausfinden«, erklärte Helena.

»Du meinst einen Schwerkraftzug? Wie zum Beispiel vom Planeten D? Ein Kollisionskurs wär ja gerade nicht besonders fein. Herrje, da muß ich mal nachschauen.«

In der Kommandozentrale warteten Tony, Maya und Yasko ungeduldig und besorgt auf die Rückkehr des Kommandanten und Helenas. Tony hatte bereits die Evakuierung abgeblasen und die Eagles zum Standort zurückbeordert.

Maya machte sich immer größere Sorgen um die Zuverlässigkeit des Basiscomputers. Auf Routinefragen antwortete er noch langsam und ziemlich unsicher; solche Schwierigkeiten hatten sie vorher nicht mit ihm gehabt.

Sie blickte rasch auf, als Koenig durch die Haupttür kam. Sie wartete auf die Ergebnisse eines Testprogrammes, das sie gerade eingegeben hatte. Dann wurden ihre Augen immer größer, weil sie das nicht zu glauben wagte, was sie sah.

Brian rollte herein. Seine Frontlichter blinkten vor Neugier. »He, Leute!« rief er. »Wie geht's euch?« Die Videolinse schwenkte rasch von einer Seite zur anderen und blitzte. »Mir geht's gut, damit ihr's gleich wißt. Einfach großartig. Nett, euch alle kennenzulernen. Ich hab schon gefürchtet, jetzt müßte ich ein paar Jahrhunderte lang Daumen drehen.«

Yasko hatte ihre Konsole verlassen, weil sie gerade die Ersatzstromkreise auf einem Reparaturtrolley überprüfte, um den Maya gebeten hatte. Brian rollte direkt auf sie zu, und ihre katzenhaften Augen wurden sehr groß vor Staunen.

»He, Hühnchen, wie heißt du?«

»Y. . . Yasko.«

»'ne hübsche Kleine bist du, Yasko. Was hast du heut abend vor? Ha, ha, ha, ha. Mach ja nur Spaß. . . Aber sag mal. . .« der Schrank beäugte den chromblitzenden Reparaturwagen. »Eigentlich könnte ich ja hier dein Freund sein. Bloß diese gelben Plastikräder da. . .« Er überraschte sie alle mit einem richtigen, lauten Pfiff, wie ihn junge Amerikaner hübschen Mädchen nachschicken.

Keiner sagte etwas. Alle waren viel zu verblüfft. Dann schlug Brian eine schallende Lache an, und sein bräunliches Licht blitzte und blinkte wie irr. »Ha, ha, ha, ha! Ich mach ja nur Spaß, Kumpels. Dieser Werkstattwagen. . . Hab ja gar nichts übrig dafür, ha, ha, ha, ha. Gelbe Räder, na so was!«

Helena hatte Mühe, nicht mitzulachen, und Koenig hielt auch nur unter Schwierigkeiten seine Miene ernst. Nur Maya schien gegen diese überströmende Fröhlichkeit immun zu sein. Sie war so sehr mit den Launen des Computers beschäftigt, und deshalb stand ihr auch Angst in den Augen, als Brian, der Schrank, direkt zur Computereingabe rollte.

»He«, sagte er. »Dein Computer sieht ja genauso aus wie der meine. Holographische Programmierung Zehn, ja? Er und ich, wir vertragen uns miteinander, nur reden kann er nicht. . . Mit der Stimme, mein ich.« Brian stieß plötzlich eine ganze Reihe scharfer Pfiffe aus, dann gab er ein sonores Biepen von sich und ließ seine Frontlichter flackern. Die Monitorlichter der Eingabebank des Basiscomputers blinkten zur Antwort einige Male. Maya schaute entgeistert zu. »Ha, ha!« lachte Brian und drehte sich um. »Das war nur eine kleine Begrüßung in der Computersprache. Der arme Kerl tut mir leid, verstehst du. Er wurde ja nie geboren.«

Koenig versuchte gastfreundlich zu sein. »Nun ja«, meinte er, »wir würden dir ja gerne einen Imbiß anbieten, wenn wir wüßten, ob wir das auch haben, was du gerne magst.«

»Nein, ich war doch nur ein bißchen freundlich zu euch. Mensch, ich hab doch keine Verdauungsorgane. Ein paar Kilowatt reichen mir ganz gut.« Brian rollte zu den Mitteltüren. »Hört mal, ich geh jetzt und schau wegen dieser Kursveränderung nach. Doc Russell, wenn du mal einen Moment Zeit hast, dann zeig ich dir meine bescheidene Hütte. Und außerdem hätt ich dir gern ein paar Fragen gestellt zum Tod meiner Crew. . .« Der Schrank machte eine verehrungsvolle Pause. »Und auch zum Tod meines Kapitäns. Vielleicht kannst du die Ursache finden.«

Helena nickte. »Ich helfe natürlich gerne.«

»Macht es dir was aus, wenn ich mitkomme?« fragte Koenig, der selbst größtes Interesse am Schicksal der Sternmission hatte. Es konnte ja immerhin sein, daß es mit den ungewöhnlichen Vorfällen des Tages zu tun hatte.

»Macht mir doch nichts aus. Warum denn? Freut mich, wenn du mitkommen willst.«

Nachdem sie gegangen waren, sah Tony zu, wie Maya einen neuen Computertest vorbereitete. »Was sollte denn das alles bedeuten?« fragte er. »Und was, zum Teufel, war das überhaupt?«

Maya runzelte die Brauen. »Ein mobiler, selbstprogrammierender Computer, meine ich. Der sich auch selbst überwacht.«

»Dann klingt das also fast so, als sei er lebendig?«

»Das hängt davon ab, wie du ›leben‹ definierst. Atmen kann das Ding nicht, auch nicht essen oder sich vermehren. Es scheint aber selbständig zu denken.« Maya griff nach Tonys

Hand. »Ich weiß nicht, weshalb, Tony, aber mit dieser Maschine habe ich ein ungutes Gefühl.«

»Ein ungutes Gefühl?« Tony lächelte nachsichtig. »Komm, Maya, gib ihr doch eine Chance. Sie prüft etwas für uns nach, und das könnte sehr nützlich sein, weil wir ja nicht wissen, wohin wir unterwegs sind.« Er drückte ihr fest die Hand. Der Kontakt war ihm angenehm. »In Wirklichkeit bist du ja nur eifersüchtig, weil dein Gehirn auch wie ein Computer arbeitet. Du fürchtest die Konkurrenz.«

Maya überhörte den Scherz. »Ich bin einfach der Meinung, da stimmt etwas nicht. Gib mir mal einen Kanal zur Swift, damit wir sehen, was sie dort tun.«

Tony ging zur Kommunikationskonsole und drückte auf einen Knopf. Der Monitorschirm, auf dem noch immer die Informationen über die Horizontveränderung erschienen, wurde grau. Nun hätte eigentlich das Innere der Swift erscheinen müssen, doch die Mattscheibe blieb leer.

Tony drückte wieder auf den Knopf, es veränderte sich aber nichts. Besorgt beugte sich Maya über ihre eigenen Instrumente und tippte eine Anfrage an den kränkelnden Computer. Sie bekam keine Antwort.

Einen Moment lang herrschte entsetzte Stille, dann sprang Maya auf und rannte zum roten Alarmknopf; sie schlug mit der Faust darauf.

»Du hast doch gar kein Recht, das zu tun!« schrie Tony erbost. »Nur der Kommandant kann roten Alarm geben, in seiner Abwesenheit nur ich!«

Maya schaute ihn ungeduldig an. Tony hörte mitten in seiner Schimpftirade auf und musterte den Monitor der Basisverständigung. Auf keinem Schirm flackerte eine Antwort. Auch das Alarmsystem war tot.

»Wir sind abgeschnitten!« schrie Tony Yasko zu. »Sieh zu, daß du den Kommandanten und Doktor Russell sofort hierher zurückbringst!«

In diesem Moment war ein winziges Zittern im Boden der Kommandozentrale zu spüren. Unter normalen Arbeitsbedingungen hätten sie es niemals bemerkt, doch jetzt konnte es ihnen nicht entgehen. Sofort wußten sie, daß die Swift startete.

II

John Koenig flog durch die Passagierkabine und knallte in das gepolsterte Schott. Die plötzliche Beschleunigung hatte ihn und Helena überrascht, nur hatte sie das Glück gehabt, rückwärts auf einen Sitz zu fallen. Koenig schaute auf, und da drehte sich alles um ihn. Brian wippte gefährlich auf seinen Rädern vor und zurück, konnte sich aber aufrecht halten.

»Tut mir leid, Leute«, sagte er. »Sind ein bißchen schnell abgereist. Nur keine Panik jetzt, sonst bekommen wir Schwierigkeiten. Laßt mich jetzt in Ruhe, bis ich das Schiff unter Kontrolle habe.«

Koenig wollte davon jedoch nichts wissen, denn er war zornig. »Was nimmst du dir da heraus? Ich bestehe darauf, daß. . .«

»Halt doch die Klappe«, bellte Brian.

Koenig und Helena wurden von dieser Wesensänderung der Maschine sehr überrascht. Dann loderte Koenigs Wut noch heißer als vorher. Er wurde knallrot, doch Helana hob begütigend eine Hand.

»John, vergiß nicht, das ist doch nur eine Maschine.«

Davon wollte Koenig jedoch nichts wissen. Er zog sich auf die Füße, so daß Brian zurückrollen mußte, um ihm aus dem Weg zu gehen. Plötzlich legte sich die Swift auf die Seite, und Koenig tat ein paar unfreiwillige Schritte rückwärts.

»Ohhh!« jammerte Brian. »Ich hab dir's doch gesagt! Setzt euch doch endlich und legt die Gurte an. Ich schau mal schnell zum Flugdeck hinauf und bring dort alles in Ordnung.«

Koenig sah ihm nach, als er durch die Tür in die Pilotenkanzel ging und hantelte sich dann zu Helena hinüber. »Alles in Ordnung mit dir?« fragte er.

Sie nickte, aber Brian schien die Frage auch gehört zu haben, denn er schrie zurück: »Ja, bei mir ist alles in Ordnung. Wird auch gut sein!«

»Mit dir habe ich nicht gesprochen«, entgegnete ihm Koenig. »Wohin fährst du übrigens?«

»Ich? Zu meiner Pilotenkonsole, hab ich doch gesagt«, schnarrte der Schrank. »Reiß dich doch zusammen, Koenig.«

Koenig bedeutete Helena, sie solle dort bleiben, wo sie sei, und stelzte vorsichtig zur Tür der Pilotenkabine. In seinen dunklen Augen war eine stählerne Entschlossenheit. Er griff nach seinem Handlaser und hielt ihn vor sich in Anschlag.

Brian konzentrierte sich völlig auf die Instrumente, überprüfte alle Maschinenfunktionen und das Navigationsprogramm. Zwischen ihm und der Kontrollkonsole schienen Kurzinformationen hin und her zu fliegen, als die Dreifachlinse sich dem Pilotenschirm zuwandte. Auch Koenig konnte sie sehen, und darauf wurde die schimmernde weiße Mondoberfläche sehr schnell kleiner.

Der Linsensatz schwang herum zu König, als Helena hinter ihn trat. »Ah, ah, Commander«, sagte Brian. »Ganz ruhig bleiben, bis ich den Kurs festgelegt hab.«

»Den legst du sofort zur Mondbasis Alpha fest«, befahl Koenig.

»Dorthin sind wir unterwegs«, erwiderte ihm Brian. Auf dem Pilotenschirm verschwand die Oberfläche des Mondes, dafür erschien ein teleskopisches Großbild des mit orangefarbenen Wolken umgebenen Planeten.

»Planet D?« fragte Helena.

»Lady, du hast's kapiert.« Brian drehte sich sofort um und zog sich in eine Lücke in der Kontrollwand zurück. Da ließ er sich vom Rest des Werkzeugladens nicht mehr unterscheiden, und Koenig verstand nun recht gut, weshalb ihn die Sicherheitsleute übersehen hatten.

Vorsichtig ging Koenig zum Pilotensitz weiter, hielt aber seinen Laser genau auf den Teil der Wand gerichtet, den er als Brian kannte. Mit der freien Hand prüfte er nach, ob das Schiff auf die Instrumente ansprach und eine Kursänderung möglich wäre.

»Die sind alle durch mich geleitet«, sagte Brian.

»Du programmierst sofort das Schiff zur Rückkehr nach Alpha.« Koenig hob dazu drohend den Laser.

»Dann schieß doch. Wenn du mich nämlich zerstörst, öffnen sich sofort die Schleusenkammern, dann wirst du mit der Lady in den Raum hinausgefegt.« Die Dreifachlinse erfaßte Helena, als sie sich nach den Schränken mit den Raumanzügen der Crew umschaute. »Und wenn du auch nur eine Bewegung zu den Anzügen machst, dann laß ich die Luft raus, bevor du noch deinen Fuß auf den Boden kriegst. Setz dich!«

Helena zögerte und dachte über Brians Drohung nach. Natürlich konnte er die Luftschleusen öffnen, und dann wurde sie mit John wie zwei Kinderpuppen in den Raum hinausgeworfen. Brian brauchte ja, um funktionieren zu können, keine Luft, und ihm würde dabei gar nichts geschehen. Helena ließ sich also erst einmal im Stuhl des Navigators nieder.

»Und jetzt, Commander«, sagte Brian voll Überheblichkeit, »leg deine Kanone weg . . . Hierher, auf dieses Regal.«

Koenig hielt aber die Waffe weiter auf den Mittelpunkt der Konsole gerichtet. »Ich will Verbindung mit Alpha haben«, forderte er.

»Natürlich kriegst du sie. Aber leg dein Schießeisen erst weg.«

Koenig schüttelte den Kopf. »Dir traue ich nicht.«

»Pech. Entweder du legst deine Kanone weg, oder du fliegst hinaus. Vergiß nicht, Koenig, ich kann keinen von euch hinauswerfen, ohne daß der andere mit muß. Wenn du gehst, geht sie also mit. Fertig? Eins. . . zwei. . .«

Ein bißchen Luft zischte. Die Sternenkarten neben Helena hoben sich von der Wand ab, und ein Schreibstift rutschte über die Konsole. Koenig drehte sich um. Er sah, daß Helena vor Angst ganz blaß war.

Koenig beugte sich auf seinem Sitz ein wenig vor und legte den Laser auf das schmale Regalbrett. Als er seine Hand zurücknahm, schwang sich das Brett nach oben, und der Laser verschwand mit einem lauten Klicken durch irgendein Abfallsystem in den Raum. Leer fiel das Brett wieder zurück.

»Und jetzt, Commander«, sagte der Schrank fröhlich. »Jetzt bediene ich dich, aber nicht mit einem Lächeln, weil ich nichts zum Lächeln hab, aber bedienen werd ich dich.«

Koenig und Helena schauten auf den Pilotenschirm und sahen in die Kommandozentrale von Alpha hinein. Tony, Maya und Yasko waren deutlich zu sehen; es ließ sich aber auch nicht leugnen, daß dort etwas schiefgegangen sein mußte.

In der Kommandozentrale wußte man natürlich nicht, daß man beobachtet wurde. Alle arbeiteten verzweifelt daran, den Computer wieder funktionstüchtig zu machen. Maya gelang es schließlich, auf einer direkten Leitung durchzukommen zum Lazarett, aber alles, was sie auf den Schirm bekam, war eine geschlängelte Linie, die anzeigte, daß Strom vorhanden war.

»Nur die mathematische Sinus-Welle«, stellte sie fest. »Egal auf welchen Knopf ich auch drücke.« Sie versuchte einen zweiten Kanal, einen dritten, immer mit dem gleichen Erfolg. Ihr ultralogischer Verstand sagte ihr, daß es auch nur eine Antwort geben könne, doch aufgeben wollte sie nicht. »Tony, versuch doch mal die Gedächtnisbank von deiner Seite her. Frag nach dem Datum«, bat sie.

Tony gab seine Frage ein und bekam den gleichen Lichtwurm auf den Schirm. Er fragte nach dem Monddurchmesser, nach den Tagen, seit sie den Erdorbit verlassen hatten, nach der Anzahl der in der Basis beschäftigten Leute – immer nur die gleiche Wellenlinie.

Maya schob ihren Stuhl zurück und ließ hilflos die Hände in den Schoß fallen. »Entweder sind alle Computerleitungen blockiert«, sagte sie, »oder es wurden alle Daten gelöscht. Jedenfalls ist er lahm.«

»Und die ganze Mondbasis«, bemerkte Tony. »Und auch noch blind dazu.«

Maya stand auf und deutete mit einem zitternden Finger zum Himmel. »Das war diese verdammte Maschine! Die hat nämlich die gleichen Computerelemente wie wir. Als der komische Schrank hereinkam, hat er einen Löschungsbefehl gegeben.«

Die Türen zur Kommandozentrale gingen auf, und der Pilot von Eagle Eins kam herein. Er sah sehr besorgt aus. Die Mienen der Leute, die er dort vorfand, erleichterten ihn auch nicht gerade.

»Was geht denn hier vor?« fragte er. »Ich sitze schon die ganze Zeit am Abschußkissen und warte darauf, von euch zu hören.«

»Unser ganzes Kommunikationssystem ist leergefegt«, erklärte Tony grimmig. »Und zwar alles.«

»Verdammt!«

Maya schoß ein Gedanke durch den Kopf. »Und was ist mit dem Computer von Eagle Eins? Funktioniert der?«

»Natürlich.«

»Worauf warten wir dann noch?« schrie Tony. »Dann holen wir doch eine Eagle-Squadron zusammen. Der Commander und Dr. Russell sind an Bord dieser Swift entführt worden. Wir müssen sie zurückholen.«

An Bord der Swift wurde die Verbindung schnell abgeschnitten, der Schirm wurde blaß. Koenig schaute zu Brians Dreierlinse und sah, daß die Röhre darunter blinkte, ein Zeichen, daß der Schrank reden wollte.

»Das ist eine gute Crew, Koenig.« Die Stimme klang sehr vergnügt. »Weißt du, was deine Knaben und Mädchen zeigen? Loyalität.« Brians Schrank rollte ein Stückchen aus der Wand heraus und wieder zurück, als tue er einen Tanzschritt. »Wow! Das gefällt mir. Ehrlich. Das muß ich festhalten.«

Ohne Warnung wurde der Schirm der Pilotenkonsole wieder lebendig. Diesmal waren die Abschußkissen für die Eagles zu sehen, von denen gerade die Eins, Zwei, Drei und Sieben abhoben. Sie stiegen in geschlossener Formation auf, und unter ihnen hingen lange Feuerschwänze. Für Koenig und Helena war es ein aufmunternder Anblick, doch Brian schien er gar nicht zu stören.

»Festhalten, Leute«, warnte er, »ich nehme jetzt Geschwindigkeit weg.«

Koenig überlegte, was der verrückte Schrank als nächstes tun würde.

Der Pilot von Eagle Eins bemerkte, daß die Swift ihre Bremsraketen gezündet hatte und darauf wartete, eingeholt zu werden. Das erklärte er Tony und Maya, die besorgt hinter seinem Stuhl standen.

»Es könnte aber eine Falle sein«, bemerkte Tony. »Wir fächern uns besser auf und kreisen sie ein.«

Die anderen Eagles zogen davon, um sich der Swift aus verschiedenen Richtungen zu nähern.

Tony war gerade dabei, sie hereinzurufen, als er das grimmige Gesicht von Commander Koenig auf dem Schirm sah.

»Commander Koenig!« rief der Pilot erstaunt.

»Pilot«, befahl Koenig, »ihr werdet sofort zur Mondbasis zurückkehren.«

»Meine Information, Sir, geht dahin, daß Sie und Dr. Russell gefangengehalten werden.«

Koenig nickte. »Das ist auch so, aber wenn ihr nicht jetzt sofort zur Mondbasis zurückkehrt, werden eure Computer geblendet, und dann kommt ihr nämlich überhaupt nicht mehr zurück.«

Im Hintergrund machte Tony den gerissenen Schrank aus, der Koenig etwas zuschrie. »Sag ihnen doch, daß alles in Ordnung ist. Ich geb euch zu essen und zu trinken, was ihr wollt. Und wenn ihr Musik wollt – die kann ich euch auch bieten.«

»Wir sind. . . wir werden versorgt«, sagte er nach einem Blick zum sprechenden Schrank. »Und nun bestätigen Sie meinen Befehl.«

Der Pilot seufzte. »Befehl erhalten«, antwortete er.

Tony beugte sich über den Schirm, ehe der Kontakt unterbrochen wurde. »Was will denn diese verrückte Fruchtpresse überhaupt?« fragte er schnell.

Das paßte Brian nun gar nicht. »Fruchtpresse?« kreischte er. »Dir geb ich gleich eine Fruchtpresse, du mäusehirniges, haariges Hacksteak!«

Ehe der Schrank etwas Unüberlegtes tun konnte, schaltete

sich Koenig ein. »Eagle Eins«, bellte er. »Zur Mondbasis zurück! Aber plötzlich!«

Der Pilot bestätigte noch einmal den Befehl, setzte den Kurs zur Rückkehr und führte die anderen Eagles zurück nach Alpha. Maya leistete ein wenig Gedankenarbeit, und da nahm ein Plan auch schon eine vage Gestalt an. Sie würde warten. Waren sie erst weit genug entfernt, würde das Gehirn der Swift auch das Interesse verlieren. Dann konnte sie dafür sorgen, daß niemand den Funkverkehr mithören konnte. Es mußte doch eine Möglichkeit geben, den wahnsinnigen Schrank ein wenig zu überraschen.

Die Swift ging in einen Annäherungsorbit für den Planeten D. Unter ihnen wirbelten die dunkel schmutziggelben Wolken und warfen einen schwachen Schimmer des Lichtes der fernen Sonne zurück. Koenig überlegte, daß dies doch kein sehr erfreulicher Anblick für die Mannschaft einer Sternenmission hatte sein können. Mehr als eine oberflächliche Erforschung konnten sie doch unter diesen Verhältnissen nicht vornehmen. Sicher hatten sie auch nicht damit gerechnet, daß ihr Besuch eine Ewigkeit dauern würde.

Auch Helena stellte fest, daß der kleine Planet nicht anziehend aussah. Vielleicht hätte sich nie jemand um ihn gekümmert, wenn er nicht ganz offensichtlich eine Atmosphäre gehabt hätte. Wahrscheinlich hatten die Astrobiologen auch nur einen informativen Besuch vorgehabt, um zu sehen, ob es irgendwelche Muster gab, die des Sammelns wert wären.

»Wie sieht es auf der Oberfläche aus?« fragte sie Brian.

»Fast wie auf dem Mond. Meistens trocken. . . Ein bißchen Eis.«

»Aber der Planet hat doch eine Lufthülle. Mit Sauerstoff?«

Der Schrank ließ ziemlich lange auf die Antwort warten, und dann hatte die Stimme einen recht gezwungenen Gleichmut, fast so, als wolle er lügen. »Ja, ja, natürlich mit Sauerstoff. Aber da gibt es auch so was wie einen Nebel. Diese orangefarbenen Wolken gehen bis zum Boden runter, und sie könnten vielleicht sogar giftig sein.«

Helena warf Koenig einen nervösen Blick zu. Er wog diese Information sorgfältig ab, und Brian schien das Mißtrauen der beiden zu spüren. »Ah, macht euch doch keine Gedanken, Leute!« rief er voll gezwungener Fröhlichkeit. »Seid doch glücklich. Ich hab euch miteinander hergebracht. Ich kann euch alle Zeit der Welt bieten. Was wollt ihr mehr? Ihr liebt euch doch, was?«

Koenig schaute Helena fest an, ehe er antwortete. »Nein«, sagte er.

»Natürlich nicht«, bestätigte sie.

Die Lichter an Brians Vorderseite blinkerten nachdenklich, als der Schrank diese Antworten verdaute. »Macht es euch was aus, wenn ich euch teste?« fragte er. »Da muß ich schon sicher sein. Wir haben in der Passagierkabine zwei Luftschleusen. In jede geht einer von euch.«

»Und wenn wir nicht wollen?« fragte Koenig.

Brian gab sich nicht einmal die Mühe, zu antworten. Er summte leise vor sich hin, und da veränderte sich die Beleuchtung der Kabine; sie wurde trüber, als Brian die Ultraviolettstrahlung verstärkte.

Bald war die Kabine mit dieser Strahlung gesättigt. Helen schrie vor Schmerz.

»Mach die Augen zu«, riet ihr Koenig.

»Das hilft euch gar nichts«, erklärte Brian lachend. »Ich kann die Strahlung so verstärken, daß eure Augäpfel schrumpfen.«

»Bitte, dreh die Strahlung ab«, flehte Helena.

»Wollt ihr dann in die Schleusen gehen?«

»Ja, ja«, bestätigte Koenig. »Dreh bloß dieses verdammte Licht ab.«

Das purpurne Licht verschwand, das Summen ließ nach, und das normale Licht wurde heller. Schnell folgte Koenig Helena zu den Schleusen. Die inneren Zwillingstüren standen offen. Koenig zögerte, doch dann erinnerte er sich an den unerträglichen Schmerz der Ultraviolettstrahlung und trat in die rechte Schleuse.

»Das ist fein, Koenig«, sagte Brian, der unter der Tür stand.

Er war ihnen gefolgt. »Und jetzt du, Lady. In die andere Schleuse. Keine Angst.«

Helena hatte trotz dieser Versicherung ein flaues Gefühl im Magen, trat aber doch hinein und drehte sich um.

»Okay. Braves Mädchen.« Brian rollte ein Stück zurück und dann wieder vorwärts. Er schien also wirklich zufrieden zu sein. »Und jetzt muß ich das über euch zwei aber wirklich rauskriegen. Ich muß einfach.« Er rollte näher an die Schleuse heran. »Koenig, liebst du diese Dame?«

»Nein«, antwortete Koenig und starrte verdrossen in die Dreierlinse.

»Hm. . . Und Doktor Russell, liebst du diesen Mann?«

Sie schüttelte den Kopf. »Nein, das habe ich dir doch schon gesagt.«

Plötzlich schoben sich die Transparenttüren der beiden Schleusen zu. Koenig schlug zornig mit der Faust dagegen. Brians Stimme kam liebenswürdig durch die Sprecher in den voneinander getrennten Luftschleusen.

»Jetzt laß ich ganz langsam die Luft raus«, erklärte er ihnen. »In beiden Kammern ist ein schwarzer Knopf. . .« Koenig und Helena sahen diesen schwarzen Knopf neben einem grünen und blauen. »Jetzt, Leute, wird die Luft immer dünner, immer dünner. Wenn einer von euch den Knopf drückt, dann strömt die verbliebene Luft in die andere Kammer. Begriffen? Koenig, wenn du auf deinen Knopf drückst, bekommt die Lady deine restliche Luft, und wenn du, Doktor Russell, auf deinen Knopf drückst, gibst du deine ganze Luft Koenig, so daß er leben kann.«

Helena war voll eisiger Angst. »John!« schrie sie die Trennwand an.

Auch Koenig schrie. »Helena! Helena! Kannst du mich hören?«

Der Schrank lachte keckernd. »Ich muß euch noch sagen, daß ihr nicht miteinander reden könnt. Nichts da, Leute. Fertig? Los geht's!«

Koenig und Helena hörten das Zischen, als die Luft langsam ausströmte. Zuerst war es nur eine psychologische Wirkung, aber dann kam die physische: sie spürten die Qual des Erstikkens.

Helena schlug mit der Faust auf die Trennscheibe. »Brian!« schrie sie, »laß mich mit John sprechen!« Sie begann schon zu keuchen.

Auch Koenig hämmerte an die Wand, und seine Augen huschten verzweifelt zwischen der Dreierlinse und dem schwarzen Knopf hin und her. Er spürte, wie seine Lungen erbittert um jeden Atemzug kämpften.

Brian beobachtete die beiden in den Schleusenkammern, las Verzweiflung in Helenas und Wut in Koenigs Gesicht. Und die Zeiger, die den Luftgehalt registrierten, fielen immer schneller der Null entgegen. In den Kammern konnten sich Helena und John kaum mehr auf den Füßen halten. Fast gleichzeitig zuckten ihre Hände hoch, um den schwarzen Knopf zu drücken.

»Ho, ho, ho, ho!« heulte Brian vor Vergnügen. »Beide zur gleichen Zeit! Ihr könnt wieder eure Luft bekommen.«

Das köstliche Sauerstoffgemisch zischte zurück in die Schleusenkammern, und als der Druck hoch genug war, öffnete Brian die Türen. Helena und John taumelten heraus und sanken auf dem Boden zusammen.

»Leute, ihr liebt euch!« verkündete Brian triumphierend. »Wunderbar, jetzt brauch ich nur einen von euch als Geisel zu behalten, dann hab ich einen Erfolg nach dem anderen. Sieht ganz so aus, als sei schließlich allein ich der Gewinner.«

Koenigs Blut kochte, als er die schmerzenden Augen hob und zusah, wie der verhaßte Schrank wieder an die Wand in der Pilotenkanzel zurückkehrte. Er wußte, daß Brian sie jetzt immer unter Druck halten konnte, doch er hatte keine Ahnung, wie er das tun würde.

Brian führte die Swift mühelos zur Landung auf dem Planeten D. Er brauchte nur das allererste Landeprogramm wieder in den Autopiloten einzugeben. Die Vertikaljets hielten die Swift genau über dem alten Landeplatz, so daß der Schrank das Schiff sanft auf das Stoßdämpferkissen setzen konnte.

Koenig ließ den Schirm nicht aus den Augen, als die Außenkameras die Umgebung aufnahmen. Der ständig treibende orangenfarbene Nebel ließ aber nicht viel erkennen. Ihm paßte es gar nicht, daß er da hinausgehen sollte, ohne auch nur die geringste Ahnung von dem zu haben, was er draußen vorfinden würde. Brian weigerte sich, Informationen über das zu geben, was mit der Crew der Sternmission geschehen war, obwohl Koenig sich leicht ausrechnen konnte, daß er ziemlich viel wissen mußte.

Helena war sogar noch besorgter als Koenig, als sie die Raumanzüge aus den Schränken holte und sie auf tadelloses Funktionieren überprüfte. Sie hatte keine Ahnung, weshalb Brian unbedingt wollte, daß John hinausgehen sollte, denn sie war sich darüber klar, daß es hier große Gefahren gab. Warum konnte der Schrank denn nicht selbst hinausgehen?

Schließlich fand sie, daß die Anzüge in bester Ordnung waren. Alles funktionierte, der Temperaturregler arbeitete ordentlich, obwohl Brian meinte, der sei gar nicht nötig, und auch genügend Luftvorrat war im Zylinder. Wie mochte das Schicksal dieser Leute aussehen, die einst diese Anzüge als ihr Eigentum betrachtet hatten? Sollte John etwa gezwungen werden, dieses zu teilen?

Koenig trat zu ihr, nahm ihr den Anzug ab und trug ihn in die Passagierkabine, um ihn dort anzuziehen. Brian folgte Helena, als sie zu Koenig ging und ihm beim Anziehen half.

»Komm, komm, Lady«, drängte der Schrank. »Ein bißchen schneller.«

Nervös fummelte Helena an den Verschlüssen herum. »Ich beeile mich doch schon, so gut ich kann«, erwiderte sie.

»Das glaub ich dir nicht, Lady. . . Du trödelst ganz absichtlich herum.« Brian zeigte so etwas wie den Beginn einer paranoiden Hysterie.

»Warum verlangst du von John, daß er da hinaus geht?« fragte sie zornig. »Warum gehst du nicht selbst?«

Brian schien um eine Antwort verlegen zu sein. Nervös rollte er auf seinen Rädern vor und zurück, und seine Dreierlinse drehte sich wie ein Leuchtturmscheinwerfer, als suche er nach einer Ablenkungsmöglichkeit. »Hm. . . Na, ja. . .«

Seine bräunliche Vokalröhre schien sogar rot anzulaufen. »Es ist nur. . . Weißt du, da draußen ist's zu holprig für mich. Ich hab dir doch gesagt, daß ich Räder hab. Ich könnte das Terrain ja gar nicht überwinden.«

Endlich hatte Koenig den Anzug an. Er prüfte alle Instrumente und auch das Radio nach. Dann setzte er den Helm auf und befestigte ihn. Die Sichtplatte war noch offen.

»Eines will ich noch wissen, weil du mir's nicht gesagt hast«, forderte Koenig, als er zur Luftschleuse ging, »warum soll ich da hinaus? Was willst du damit erreichen?«

»Richtig, Koenig, richtig. Na ja, Tatsache ist, daß wir ungefähr hundertfünzig Meter von meinem alten Mutterschiff entfernt gelandet sind. Ich will hinübergehen und den Nukleartreibstoff holen. Den steck ich dann in meine Vorratstanks. Ganz einfach, was?«

Helena schüttelte den Kopf. »Warum Treibstoff? Du hast doch noch genug hier. Der reicht noch tausend Jahre.«

»Genug!« kreischte Brian. »Was, zum Teufel, sind für mich schon tausend Jahre? Das Mutterschiff hat so viel Vorrat, daß er mir eine Million Jahre reicht! Damit bin ich unsterblich!«

Brian gab ihm noch eine Menge Warnungen auf den Weg, ja keinen Betrug zu versuchen, kein Doppelspiel. Hier gab es keinen Tunnel für Koenig, und so mußte er über die Leiter am Rumpf der Swift absteigen. Die Planetenoberfläche lag ungefähr dreißig Fuß unter ihm, verschwand aber im orangefarbenen Nebel.

Zum Abschied hatte der boshafte Schrank noch einmal das Ultraviolettlicht eingeschaltet, so daß Helena wieder vor Schmerz schrie. Damit wollte er nur daran erinnern, was geschehen könnte, wenn. . . Und natürlich hatte der Luftschleusentest ihm bewiesen, was Koenig tun würde, um Helena in Sicherheit zu wissen.

Koenig hatte keine Ahnung von dem, was ihn unten erwartete. Hätte ihm nur Brian wenigstens verraten, wie die Lebensbedingungen waren! Die Atmosphäre schien sogar angenehm warm zu sein, und nach den Messungen seines Lebenserhaltungssystems mußte der Sauerstoffgehalt der Luft hoch genug sein, um sie atembar zu machen. Aber Brian hatte darauf bestanden, er müsse den Anzug anziehen und ihn funktionsfähig erhalten. Deshalb mußte noch eine bestimmte Gefahr drohen, die nicht so ohne weiteres zu erkennen war, die aber auch die ganze Mannschaft der Sternmission das Leben gekostet hatte.

Natürlich ließ Brian nicht zu, daß Koenig eine Waffe in die Hand bekam, und so mußte er unbewaffnet hinaus. Wußte der Himmel, was da auf ihn wartete! Und wenn Koenig eine Gefahr erkennen konnte, war es auf jeden Fall schon zu spät. Dieser verdammte, undurchsichtige Nebel! Wenn er nur hätte sehen können!«

Als er sich dem Boden näherte – weil er ja die Leiter hinabkletterte –, verschwand der Bauch der Swift in den Nebeln, und er sah unter sich blaue, zerklüftete Felsspitzen aufragen. Mit einem Fuß tastete er nach einem festen Tritt. Der Boden gab erst nach, dann wurde er fester, fast so wie auf dem Mond. Er setzte auch den anderen Fuß auf und drehte sich langsam um. Bis jetzt war es gutgegangen.

Sehr vorsichtig bewegte er sich vorwärts. Er ließ die dicksohligen Stiefel des Raumanzuges durch den Staub schleifen, damit er nicht über versteckte Felsen oder in Löcher fiel. Der Nebel spielte dick und undurchsichtig um seine Knie.

Er war noch nicht weit gekommen, als plötzlich der Nebel für eine Sekunde ein wenig aufriß; er hatte eine Sichtweite von ein paar Schritten, und da entdeckte er dann den ersten.

»Was ist, Koenig, was ist los?« rief Brian so aufgeregt, daß die Schrankstimme in seinem Helm dröhnte.

Koenig wurde sich darüber klar, daß er wohl hörbar den Atem eingesogen haben mußte, denn er sah vor sich einen Mannschaftsangehörigen der Sternenmission. Er trug keinen Raumanzug, und so konnte Koenig genau das in Todesangst verzerrte Gesicht des Mannes sehen, der hier seinen letzten Augenblick erlebt hatte. Langsam, sehr langsam mußte sich die Leichte zersetzt haben, denn es ließ sich noch genau erkennen, daß der Mann nicht durch Gewalteinwirkung gestorben war. Auch nach dem Tod hatte niemand und nichts daran manipuliert, und daraus schloß Koenig, daß auf dem Planeten D nicht viel tierisches Leben sein konnte. Und aus der geringen Verwesung ließ sich überdies schließen, daß auch Mikroorganismen so ziemlich fehlten.

»Ich habe einen von der Mannschaft gefunden«, meldete Koenig über das Helmmikrophon. Zwei Schritte weiter fand er den zweiten; auch er trug keinen Raumanzug, hatte keine äußerliche Verletzung, wies aber die gleiche Miene furchtbarer Todesangst auf.

Als Koenig das Mutterschiff erreichte, hatte er mehr als fünfzig Leichen gezählt. Alle befanden sich im gleichen Zustand.

III

Helena schaute auf den Schirm, sah aber nichts als nur den Nebel, in den Koenig eingetaucht war. Falls Brians Instruktionen stimmten, mußte er bald beim Mutterschiff sein, wenn nicht. . . Sie versuchte die beunruhigenden Gedanken über eine mögliche Gefahr von sich wegzuschieben.

»Ich wollte, ich könnte ihn sehen«, sagte sie zu Brian.

»Auf dem Planeten D ist die Sicht immer ein bißchen dürftig, Lady«, sagte der Schrank und rollte zum Schirm, um den eintönigen Ausblick zu genießen. »Keine Angst«, sagte er, »solange er meinen Weisungen folgt, passiert ihm nichts.«

Helena musterte den Schrank mit dem Computerkleinzeug und versuchte das bizarre, die Unsterblichkeit suchende Monstrum zu durchschauen, das sie beide entführt hatte. »Wie bist du eigentlich gemacht worden?« fragte sie ihn.

»Mein Meister, Captain Michael, hat mich gemacht«, antwortete Brian stolz. »Er hat mich so programmiert, daß ich sprechen kann. Und er wurde. . . er hatte mich sehr gern.«

Helena wunderte sich, wie ein ›Vater‹ eine so häßliche Kiste lieben konnte. »Was war er für ein Mensch?« fragte sie interessiert.

Der Schirm in der Pilotenkanzel ersetzte das Bild der trüben

Atmosphäre durch ein Standfoto. Ein dunkelhaariger Mann mit breitem Gesicht schaute gleichgültig in die Kamera. Auch dieses Bild verschwand, und das nächste zeigte den gleichen Mann, aber düster blickend.

»Das ist er«, bestätigte Brian. »Das ist mein Vater.«

Die Bildergalerie wurde unterbrochen von Koenigs Stimme, die klar aus dem Lautsprecher kam. »Koenig ruft Swift. Ich habe das Mutterschiff erreicht. Ich muß herumgehen zur Blindseite, um zu den Luftschleusen zu gelangen.«

»In Ordnung, Koenig«, erwiderte Brian. »Mach weiter. Aber beeil dich.«

»John? John?« rief Helena vergeblich, als der Funkkontakt abbrach.

»Nur ruhig, Lady«, mahnte Brian, der in die Konsole zurückglitt. »Wir haben jetzt keine Verbindung zu ihm, bis er wieder rauskommt.«

Koenig hatte keine Schwierigkeit, um das riesige Mutterschiff herumzukommen, und er fand sich auch innen gut zurecht, denn alle Korridore waren gut gekennzeichnet, und die ganze Anlage war ihm aus seiner Ausbildungszeit auf der Erde bekannt. Erst eilte er zum Kontrollraum, um den Treibstoffbestand und dessen Stabilität nachzuprüfen. Er wollte auch das Kapitänslog zu finden versuchen, denn daraus konnte er vielleicht mehr über das Schicksal der Mannschaft des Schiffes erfahren.

Er drehte alle Lichter an und entdeckte, daß die Hilfsstromquellen tadellos funktionierten. Das Schiff war auch versiegelt und wies den richtigen Druck auf, so daß er seinen Helm öffnen konnte.

Bereitwillig öffnete sich die Tür zum Kontrollraum, und er betrat ihn; er war lang und schwach beleuchtet. Von hier aus hatte der Commander den Kurs für den Sprung nach den Sternen festgelegt. Koenig entdeckte die Instrumentenwand neben der Tür und schaltete die großen Deckenleuchten ein. Als er sich umdrehte, hielt er vor Überraschung den Atem an.

»Hi, Commander«, lächelte Tony und ließ seinen Laser sinken.

Maya stand hinter ihm und lachte vor Erleichterung.
»Tony! Maya!« Koenig schüttelte den Kopf.
Tony erklärte. »Wir sind vor dir gelandet und kamen an Bord, um hier zu warten.«
Endlich fing Koenig an, zu begreifen. Er runzelte die Brauen. »Dann habt ihr also auch gesehen. . .«
»Ja«, antwortete Maya. »Es war schrecklich. Als wir landeten, machte ich Atmosphärentests. Sie ist sonst ganz in Ordnung, aber der Nebel ist ein sehr kompliziertes und äußerst giftiges Gas. Es bedeckt den ganzen Planeten.«
Tony winkte aufgeregt. »Und die sind alle ohne Raumanzüge hinausgegangen. Sie müssen verrückt gewesen sein.« Er deutete quer durch den Raum. »Nicht einmal das Schiff haben sie versiegelt. Als wir hereinkamen, mußten wir erst die Luftschleusen schließen und wieder die Atmosphäre herstellen.«
Tony schaute zum Ende des Raumes und sah einen Mann, der über dem runden Kommandantentisch zusammengesunken war. Er ging zu ihm und las die Tischplatte ab. CAPTAIN V. MICHAEL stand da.
Koenig sah unter dem ausgestreckten Arm gerade so viel von dem Gesicht des Kapitäns, daß er genau wie bei den anderen die vor Todesangst verzerrten Züge feststellen konnte. Er hatte also hier an seinem Tisch gesessen, und der Nebel war durch die weit offenen Türen eingedrungen. Draußen schlenderte die Mannschaft in aller Ruhe in ihren schrecklichen Tod. Koenig versuchte sich den Grund dafür zu überlegen. Dann kam ihm ein scheußlicher Gedanke.
»Maya«, fragte er, »kannst du einmal einen schnellen Test machen, wie es um das Intelligenzsystem des Schiffes steht?«
»Ja, Sir.« Sie betrat die Kapitänskonsole, als Tony und Koenig die Leiche aus dem Weg schafften und sie vorsichtig auf den Boden legten.
Maya aktivierte den Computer und brachte alle Antwortstromkreise zu glühendem Leben. Sie aktivierte den Hauptschirm des Kontrollraumes und wartete auf Koenigs Fragen, um sie dem Computer einzugeben. »Sieh mal, ob wir den

letzten Logeintrag der Mission bekommen«, sagte er schließlich.

Maya kodierte die Frage und schaute auf den Schirm. Die Antwort kam sofort – eine gleichmäßig geschwungene Leerwelle.

»Genau wie auf der Mondbasis«, bemerkte Tony.

Koenig sah seinen Verdacht bestätigt. »Dieser Schrank Brian ist verrückter, als ich dachte.«

Maya drückte ihre Meinung so aus: »Er hat den Computer und die Sensoren seines eigenen Mutterschiffes geblendet. Deshalb wußte die Crew nichts von dem toxischen Gas. Er hat sie alle umgebracht.«

Langsam ging Koenig herum und verdaute diese Information, wußte aber natürlich, daß er schnell wieder zur Swift zurückkehren mußte. Helenas Leben war mehr gefährdet, als er zuerst geglaubt hatte.

»Warum hat er dich denn entführt?« fragte ihn Tony.

Koenig zuckte die Schultern. »Er will, daß ich den Treibstoff von diesem Schiff zur Swift transportiere.«

Maya war bestürzt.

»Er hat uns erklärt, er will ewig leben«, sagte Koenig.

»Und was tun wir jetzt?« wollte Tony wissen.

Koenig zuckte die Achseln. »Ich hole den Treibstoff und bringe ihn zur Swift. Wir können Helenas Leben nicht aufs Spiel setzen.«

»Könnten wir sie vielleicht von der Swift wegholen und das kleine Monster in die Atmosphäre blasen?«

Koenig schüttelte den Kopf. »Geht nicht«, erklärte er. »Er wird Helena so lange festhalten, bis ich mit dem Treibstoff zurückkomme. Und da gibt es noch einen Grund. Einen sehr wichtigen sogar. Diese Swift hat den einzigen arbeitenden Computer in diesem Teil des Universums, der unsere Gedächtnisbank vom Mondstützpunkt ersetzen kann. Unsere Banken sind ja gelöscht. Wenn wir den nicht bekommen, sterben wir alle sowieso.«

Koenig ging rasch weiter zum Privatbüro des Kapitäns. Der

Routine entsprechend mußte dort der Schlüssel zum Treibstofflager des Schiffes zu finden sein. Tony und Maya betraten den Raum zusammen mit ihm.

An der Wand entdeckte er das kleine Kästchen mit dem ganzen Satz der Kapitänsschlüssel, die sauber aufgereiht hinter dem Perspexgerät hingen. Captain Michael mußte sein Büro ziemlich überstürzt verlassen haben, denn Schaltdiagramme und Stücke elektrischer Ausrüstung waren über den Boden, auf den Tischen und überall verstreut.

Maya ging zur Raummitte und musterte genau den rechtekkigen Stahlrahmen, der an zwei Seiten Platten angeschraubt hatte. Einige gedruckte Schaltpläne von Stromkreisen waren bereits an der richtigen Stelle eingefügt, und die noch nicht verbundenen Farbdrähte standen wie gefrorene Luftschlangen nach allen Seiten.

»Es sieht ganz so aus, als habe Captain Michael an etwas gearbeitet, ehe er starb«, bemerkte Maya.

»Das spielt jetzt keine Rolle«, sagte Tony.

Koenig blieb stehen und betrachtete das halbfertige Gerät, das Maya nun untersuchte, und dann schaute er schnell die Stromkreisdiagramme an. »Da bin ich nicht ganz sicher«, widersprach er nachdenklich. »Ich glaube, Tony, das ist sogar wichtiger, als du vermuten kannst. Schau mal, du kehrst jetzt zum Eagle Eins zurück und sagst dem Piloten, er soll sich bereithalten, aber ihr tut keinen Schritt, bevor ihr von mir hört. Maya und ich werden das Treibstofflager finden, um den Vorrat zur Swift zu bringen.«

Als Tony gegangen war, sah Maya Koenig an und fragte: »Commander, wie sehen die Pläne aus?«

»Wir müssen Brians Gehirn manipulieren. Es brechen.«

Maya runzelte die Brauen.

»Mir müssen den Schrank in einem solchen Maß verwirren, daß er nicht mehr weiß, was er tut. Er kann sich sehr aufregen und unvernünftig sein. Und wir müssen jetzt versuchen, ihn über die Grenze zu treiben.« Koenig blinzelte. »Hast du Captain Michaels Gesicht gesehen, Maya?«

»Ja«, antwortete sie und rief sich die Grimasse des Todes

ins Gedächtnis zurück, um sich dann vorzustellen, wie er normal ausgesehen haben mußte. »Ja, das habe ich gesehen.«

Helena wartete ungeduldig im Pilotenabteil der Swift auf Koenigs Rückkehr. Angestrengt lauschte und beobachtete sie. Brians Lässigkeit war schon ziemlich fadenscheinig geworden.

»Dieser verdammte Koenig läßt sich aber verdammt viel Zeit«, beklagte er sich.

Helena war sich darüber klar, daß Koenig wahrscheinlich einen Plan ausarbeitete und dafür natürlich einige Minuten brauchte. Möglich war natürlich auch, daß ihm etwas zugestoßen war, aber sie wußte, es nützte nichts, wenn sie sich darüber den Kopf zerbrach. Deshalb versuchte sie Brian zu beruhigen.

»Das glaube ich nicht«, sagte sie. »Er muß doch erst die Treibstoffvorräte finden, dann muß er den Tresor öffnen und schließlich auch noch eine Möglichkeit finden, sie zurückzubringen.«

Brian ließ sich aber nicht so leicht beruhigen. »Lady, du hast keine Ahnung, was das für mich bedeutet. Ist der Kerl zuverlässig?«

»Er ist zuverlässig«, versicherte sie ihm.

Die Dreierlinse des Schrankes ging auf höchste Vergrößerung. »Da ist er ja!« kreischte er fröhlich.

Helena mußte ein paar weitere Minuten warten, ehe sie Koenigs Umrisse durch den Nebel stapfen sah. In seinen Armen trug er einen langen Metallzylinder.

»John! John!« schrie sie ins Mikrophon.

Diesmal hörte er sie, und seine Stimme kam knatternd und knisternd durch. »Koenig an Swift. Ich kehre mit den Treibstoffvorräten des Mutterschiffes zurück.«

Brian blitzte so aufgeregt mit sämtlichen Lichtern, daß man Angst haben konnte, bald müsse bei ihm eine Sicherung durchbrennen. »Hast du auch alles mitgebracht, Koenig? Wirklich alles?« Seine Stimme verriet äußerste Ungeduld. »Koenig, antworte mir endlich!«

Koenig wollte nicht mehr gedrängt und herumkommandiert werden. Deshalb antwortete er ganz beiläufig: »Koenig an Swift. Bist du bereit, mich zu empfangen?«

»Jaaaaa!« heulte Brian vor Entzücken.

Endlich kletterte Koenig hinauf zur Luftschleuse der Passagierkabine. Helena wartete schon an der inneren Schleusentür auf ihn und fiel ihm um den Hals. Brian rollte aufgeregt vor und zurück, während sie ihm half, den Anzug auszuziehen.

Der Zylinder hing noch an dem Kabel, das Brian herabgelassen hatte, um ihn dann heraufzuziehen. »König, mach doch weiter!« schrie er.

»Laß ihm doch Zeit«, forderte Helena ungehalten.

Als sie sich wieder umdrehte, um die Anzugverschlüsse zu öffnen, schaute sie Koenig in die Augen und versuchte die Botschaft zu entziffern, die sich in ihnen auszudrücken versuchte. Offensichtlich war etwas geplant worden, und ihre Vermutung bestätigte sich, als Koenig sich zu ihr hinabbeugte und ihr zwei leichte Küsse auf die Lippen gab. Sie ahnte natürlich nicht, was er sich ausgedacht hatte, doch sie blieb wachsam und bereit, sofort dem kleinsten Hinweis zu folgen.

»Na, Leute, damit könnt ihr wieder aufhören.« Brian hatte keine Zeit für die Demonstration von Zuneigung. »Koenig, hol endlich den Treibstoff rauf.«

»Nur immer mit der Ruhe«, erwiderte er. »Erst muß ich doch mal den Anzug runterkriegen.«

Helene strich ihm das dunkle Haar aus der Stirn. Es war ein wenig feucht von der Anstrengung, denn der Zylinder war recht schwer gewesen. Den Rest hatte die Spannung besorgt.

»Wie war's denn?« fragte sie.

»Oh, nicht besonders schlimm.« Dann wandte er sich nicht sehr freundlich an Brian. »Deine Crew ist da draußen, schön verteilt und sehr tot.«

»Dann sind sie also tot. Na, und?« schnappte er.

Koenig hatte nun den Raumanzug ganz ausgezogen, rührte sich aber nicht, um den Treibstoff zu holen. Er stand nur da und funkelte Brian vorwurfsvoll an. »Ich habe Captain Michael im Kontrollraum gefunden. Er saß tot an seinem Schreibtisch. . . Aber das mußt du ja längst wissen.«

Der Schrank gab sein Vor- und Rückwärtsrollen auf. Seine Lichter blinkten trüb und düster, und das Metall seiner Verkleidung schien sich zu schütteln. »Mein Vater?« fragte er kleinlaut.

Koenig nickte ernst.

»Ahhhhh!« Brian drehte sich mit einer raschen Bewegung um und rollte zur Passagierkabine. »Hol endlich den Treibstoff rein!«

Am Schiffsheck öffnete sich eine Luke, und aus der schob sich ein langes Teleskoprohr zum Metallkanister hinab. Koenig trat vor, Brian zog sich ein paar Radumdrehungen zurück.

Der Zylinder mit seiner dicken Schutzverkleidung war sehr schwer, und Koenig stöhnte, als er ihn oben hatte und auf den Boden herablassen mußte.

»Und jetzt setz ihn mir ein, Koenig!« befahl das Gehirn.

»Moment noch«, rief Koenig rück und rieb sich die Finger, weil ihm eine Kante der Haut verletzt hatte. »Welches Ende ist oben und welches unten? Wie soll ich wissen, wie das Ding bei dir einzusetzen ist?«

»Was ist? Was sagst du da?« stotterte der Schrank.

Koenig betrachtete die beiden blanken Enden und schüttelte den Kopf.

Plötzlich flackerten Brians Lichter. »Diese Treibstoffzylinder sind doch an beiden Enden gleich! Trödle nicht so lang rum, Koenig!«

Koenig lächelte mühsam, bückte sich, hob den Zylinder hinauf und ließ ihn in die vorgesehene Halterung einrasten.

»*Wusch!*« kreischte Brian. »Rollie Pollie!« Dazu rollte er fröhlich vor und zurück und blinkte mit sämtlichen Lichtern. »Junge, Junge, ist das ein Gefühl! Einfach unbeschreiblich. Toll! Junge, Junge! Leute, so viel Treibstoff auf einmal ist zuviel. Ist ja zwar nicht mehr zu sehen, aber ich bin ganz verrückt vor Freude! Mein ganzer Geist ist ins Nirwana geblasen. Wunderbar, einfach wunderbar!« Er ließ ein metallenes, kekkerndes Lachen los, das so klang, als würden ein paar Dutzend leerer Konservenbüchsen aneinander knallen und über eine Treppe kollern. »Das ist der glücklichste Tag meines Lebens! Ich bin frei. Begreifst du das? Frei bin ich! Im ganzen Universum kann ich rumkutschieren! Und dazu lebe ich ewig, ewig, ewig!« Er wirbelte herum und wäre dabei um ein Haar umgekippt. »He! Bereithalten zum Abheben!« brüllte er.

Koenig und Helena hatten gerade noch so viel Zeit, daß sie sich in einen Kontursessel werfen konnten, ehe die Raketen röhrend die Swift abhoben. Als die Beschleunigung ein wenig nachließ, zog Koenig den Reißverschluß einer Tasche auf und nahm eine kleine braune Maus heraus.

Helena sah ihm dabei zu, und ihre Augen wurden immer größer. Dann verstand sie und stellte sich vor, daß Koenig wohl mit Maya zusammengetroffen sein mußte, als er an Bord des Mutterschiffes war. Nun faßte sie wieder Hoffnung, da sie wußte, daß sie die Transformationstalente der Psychonierin zu Hilfe hatten.

Vorsichtig setzte Koenig die Maus auf den Boden; sie huschte sofort zur Tür der Pilotenkanzel, wo Brian die Fluginformationen der Instrumente überwachte. Die Maus blieb stehen und kletterte dann an Brians Antennenschwanz entlang.

»Was ist da los?« kreischte Brian und tat unwillkürlich ein paar Radumdrehungen vorwärts. »Was, was, was?« Die Dreifachlinse drehte sich aufgeregt, um zu sehen, was hier geschah.

»Das ist eine Maus«, sagte Helena.

»Ah, oh!« jammerte Brian. »Schafft mir die Maus vom Schwanz! Sie zerknabbert mir meine ganze Antenne!«

Brian zog sich in die Wand zurück, drehte sich aber so um, daß er seinen Angreifer sehen konnte. Die Maus verschwand und wurde zu einem flackernden Muster aus Licht und Energie. Dann strahlte dieses Muster plötzlich auf, und Maya erschien. Sie stand im Mittelgang der Kabine zwischen den Sitzen.

»Woher, zum Teufel, kommst du?« wollte Brian wissen.

»Vom Planeten D«, antwortete sie.

»Aber du warst doch gerade noch eine Maus! Auf dem Planeten D gibt es keine Mäuse. Da gibt es überhaupt nichts. Das Gas. . . das. . ..« Verwirrt schwieg Brian und blieb stehen. ` »Ich komme vom Planeten D und habe eine Botschaft für dich«, sagte Maya.

»Eine Botschaft? Für mich? Was für eine Bo-Botschaft?«

Maya lächelte tiefgründig. »Von Captain Michael ist die Botschaft.«

Der Schrank tat einen Satz zurück, und dabei drehten die Vorderräder wie irr leer durch. »Hä? Ha? Er ist doch TOT! Welch eine Botschaft?«

»Rache.« Maya lächelte nun breit, so daß ihr ganzes hübsches Gebiß schimmerte.

Brian jammerte und rollte mit Windeseile zur Pilotenkabine. Die Tür knallte hinter ihm zu. Die Lichter der Swift blinkten sehr aufgeregt, die Alarmsirene jaulte, und dazu klang noch eine Gefahrenklingel schrill durch das Schiff. Maya, Koenig und Helena legten die Hände auf die Ohren, denn Brians panische Angst drückte sich in sehr hohen Dezibelzahlen aus.

IV

Ungefähr fünf Minuten lang dauerte der Höllenlärm. Koenig wußte nicht recht, wie sehr Brian unter dieser Rachedrohung litt, und ob er nicht vielleicht das Schiff abstürzen ließe.

Endlich hörte der Radau auf, und in der nun folgenden langen Stille konnte man auf den Gedanken kommen, der ganze Brian sei durch Kurzschluß in den Computerhimmel eingegangen. Koenig wartete gespannt. Er mußte ja die Tür aufbrechen und die Führung der Swift übernehmen, falls Brian wirklich nicht mehr funktionierte. Er mahnte sogar Helena zum Schweigen für den Fall, daß Brian noch in Ordnung war und sie heimlich belauschte. Minuten tickten langsam vorbei.

Endlich wurde die Tür aufgeschoben. Alle zuckten vor

Angst zusammen, als Brian herausgerattert kam. Seine Dreierlinse drehte sich schnell, und seine bräunliche Röhre blinkte zornig.

»Ihr habt ja gar keine Botschaft von Captain Michael!« schrie er Maya an. »Ich kann mich erinnern, du warst auch auf der Mondbasis. Du bist eine Freundin von Koenig und der Doktorin. Ein feiner Trick! Mäusefrau, ja. Aber du bist auch nur sterblich. Wie, glaubst du, kannst du gegen mich ankommen?« Der Linsensatz drehte sich ungehalten hin und her. »Ich habe volle Kontrolle über dieses Raumschiff und alle, die an Bord sind. Du Närrin! Warum bist du hergekommen? Weil. . . Ich blase euch verdammte Bande miteinander in den Raum! Was meint ihr dazu, hä?«

Koenig tat einen Schritt vorwärts. »Eines solltest du uns erklären, Brian. Warum hast du deinen Schöpfer getötet?«

Der Linsensatz schwang von Koenig weg, weil er den vorwurfsvollen Augen ausweichen wollte. »Ich habe meinen Schöpfer nicht getötet.« Aber die Stimme aus dem Schrank jammerte und wimmerte furchtbar.

»Er saß tot an seinem Kommandantentisch. Und du hast ihn umgebracht!«

»Hab ich nicht! Ich hab ja gar nicht gewußt, daß er tot ist! Und ich weiß auch nicht, wie er gestorben ist.«

Koenig trat in Brians Blickfeld. »Er ist tot, weil du den Computer geblendet hast. Er wußte nicht, daß das Gas tödlich ist. Deshalb ging seine Crew hinaus. Alle starben. Und die Luftschleuse war auch nicht versiegelt. Das Gas strömte also ins Schiff und hat auch ihn getötet.«

Maya nahm ihr Stichwort auf. »Du meinst, er hat den Mann getötet, der ihn geschaffen hat?« fragte sie ungläubig.

»Seinen eigenen Vater?« steuerte Helena bei. »Aber warum nur?«

Dem Gehirn war unheimlich unbehaglich, und die Lichter zuckten.

»Wir wissen, Brian, warum du ihn umgebracht hast«, sagte Koenig laut. »Er hat nämlich an einem verbesserten Modell von dir gearbeitet. Du wärest dann überflüssig gewesen. Du solltest verschrottet werden. Oder vielleicht auch nur eingemottet.«

»Nein, nein, nein! Das ist nicht wahr! Er hat kein neues Modell gebaut!«

Aber Koenig gab nun nicht mehr nach. »Wir haben es doch gesehen. Deine Tage waren gezählt, Brian. Du hast also beschlossen, alle zu töten. Deshalb hast du sie nichts von dem Gas wissen lassen. Du hast das Mutterschiff geblendet, um zu verhindern, daß ein neues Gehirn gemacht wurde, das dich ersetzen sollte.«

Die Lichter flirrten und flackerten wieder wie irr. Er schien keine volle Kontrolle mehr über seine Bewegungen zu haben, rollte von einer Seite zur anderen und knallte in eine Wand.

»Aaaaarg!« stöhnte er vor Schmerz, und bräunliches Licht flatterte wie ein gefangener Vogel. »Aaaarg! Mein Vater hat nicht an einem verbesserten Gehirn gearbeitet! Es gibt ja gar kein besseres Gehirn als mich!«

»Na, beruhige dich nur wieder, Brian«, redete ihm Helena zu. »Du regst dich viel zu sehr auf.«

»Ja, ja. Ich sollte mich wirklich nicht aufregen.«

Maya blickte tief in die Dreierlinse. »Ich glaube, du brauchst eine Reparatur«, sagte sie.

Koenig trat neben sie. »Brian, wir machen mit dir ein Geschäft. Wir reparieren dich und bringen dich auf Vordermann, denn du brauchst es, und du läßt uns unversehrt gehen.«

Einen Augenblick lang herrschte Schweigen. Nicht einmal das Rumpeln der Raketen war in der Swift zu hören. Brian dämpfte seine Festbeleuchtung zu einem düsteren Glühen, als er diesen Vorschlag überlegte.

Dann leuchtete die braune Röhre hell auf, und Brian rollte von ihnen weg. »Oh, ihr geht nicht! Ich werde euch alle in den Raum blasen.«

»Aber wer wird dich dann reparieren?« hielt ihm Koenig vor. »Du hast eine Überholung bitter nötig. Frag doch die Doktorin, wenn du mir nicht glauben willst.«

Helena nickte. »Brian, du brauchst ganz dringend eine Reparatur.«

Auch Maya nickte noch einmal nachdrücklich, und alle drangen auf den Schrank ein, der sich langsam zurückzog. Die Linsen drehten sich aufgeregt, als wolle er alle Informationen testen, die sie ihm zukommen ließen, und sie in ein neues Programm einfügen.

»Ich repariere dich«, bot ihm Koenig an.

»Nein, ich repariere dich!« rief Maya.

Helena schrie: »Nein, ich will dich reparieren!«

»Du wirst zwischen uns wählen müssen, Brian. Entscheide dich.«

Brian tat einen Satz vorwärts, als wolle er sie zurücktreiben. »Was soll denn das wieder sein? Ein Spiel? Ihr wißt doch, was jeder von euch vorhat. Wie macht ihr das?«

»Du kontrollierst andere Computer mit deinen Gehirnwellen«, erklärte ihm Helena. »Wir können das aber auch. Wir sagen dazu: wir sind auf den anderen eingestimmt.«

»Instinkt«, fügte Koenig hinzu. »Na, Brian, komm schon. Entscheide dich. Wer von uns soll dich reparieren?«

Mißtrauisch schaute er von einem Gesicht zum anderen. »Wie soll ich wissen, wer von euch der beste Ingenieur ist?«

»Ich!«

»Ich!«

»Ich!«

Verwirrt drehte sich die Linse von einem zum anderen.

»Nimm mich!«

»Nein, mich!«

Brian wollte nur, daß dieser Unsinn aufhörte. »Na, schön. Also du.« Er sah dabei Koenig an.

»Nein, mich!«

»Mich!«

Die Linsen vermochten kaum mehr den hektischen Stimmen zu folgen, und dann sah Brian plötzlich das Gesicht seines geliebten Schöpfers vor sich. Einen Augenblick lang las sich die Information wie ein Tröpfeln aus einem Gedächtnistank, wie ein Echoeindruck, der sich sehr bald klären mußte. Aber dem war nicht so, und als das Gehirn einen Test mit seiner eigenen Videoaufnahme anstellte, wurde ihm klar, daß der optische Eindruck richtig war. Captain Michael war tatsächlich da!

»WEWEWEWE«, wimmerte Brian entsetzt, wich so schnell zurück, daß er stolperte und krachte in eine Wand. Der Aufprall ließ ein paar Gläser über seinen Monitorlichtern zerbrechen und löste genügend Funken in seinen Stromkreisen aus, so daß er eine kleine blaue Rauchwolke aushustete.

Koenig fühlte einen seitlichen Zug, der ihm sagte, daß die Swift nun außer Kontrolle sei, denn Brians autonome Funktionen schienen das Schiff nicht mehr zu navigieren. Er hoffte nur, daß er den Schrank zur Unterwerfung zwingen konnte, ehe dem Schiff etwas Ernstliches zustieß.

Maya pflanzte sich in der Gestalt von Captain Michael vor Brian auf. Seine Lichter flackerten alle gemeinsam, und er klapperte laut wie ein sehr aufgeregtes Herz.

»Was hast du mir angetan?« fragte Captain Michael drohend.

»Das war ein Irrtum. . . ein Irrtum. . . ein Irr. . . ein Irr. . . Irr. . .«

»Du hast mich umgebracht! Du schreckliche Maschine. Du Mörder!«

Brians Linsen blinkerten vor Angst und suchten nach einem Fluchtweg. »Nein, nein, nein!« protestierte er.

»Ich habe dich geschaffen«, fuhr der Captain fort. »Ich habe dich gebaut. Ich bin größer und weiser als du. Aber du hast mich getötet.« Der Captain sprach immer sarkastischer. »Kein Wunder, daß ich beschloß, ein besseres Gehirn zu machen, als du es bist. Du warst so gemein und klein und dumm, so furchtbar sentimental!«

Brian rollte verzweifelt an Captain Michael vorbei in Richtung Luftschleusen. Dabei gab er wimmernde Töne von sich, weil die Patrone mit seinem Stimmreproduktionsband klemmte. Der Captain drehte sich um und ging rachedurstig auf den Schrank los. Mit einem befehlend ausgestreckten Finger deutete er die göttliche Verbannung an.

Schluchzend und wimmernd rollte Brian in die nach innen offene Kammer der Luftschleuse. Kaum war er über der

Schwelle, als Koenig einen Satz vorwärts tat und auf den Knopf drückte, der die innere Tür hermetisch verschloß. Sie schob sich schnell zu, und Koenig drückte auf den Knopf der Außentür. *Wusch!* machte es, und Brian wurde in den Raum gefegt. Eiligst schloß Koenig hinter ihm wieder die Tür.

Er wartete nicht, bis Maya sich wieder in sich selbst zurückverwandelt hatte. Er meinte, Gratulationen könnten so lange warten, bis sich ihre Rechtfertigung herausgestellt hätten.

Ein bißchen taumelnd rannte er durch das sich unkontrolliert drehende Schiff zum Flugdeck. Er sprang auf den Pilotensessel und testete die Instrumente auf Funktion. Als er wußte, daß sie in Ordnung waren, korrigierte er die Drehbewegung des Schiffes und legte es auf einen langsamen, ebenen Kurs.

Dann schwenkte er die Außenkameras aus und sah sich nach Brian um. Es war bemerkenswert, daß er noch bei ihnen war. Seine Antenne hatte sich in der äußeren Lukentür verfangen und eingeklemmt, und so schwebte er bei ihnen mit. Kein Licht an ihm brannte mehr, er gab kein Lebenszeichen von sich.

»Swift an Eagle Eins«, bellte Koenig in das Radio. »Swift an Eagle Eins. Seid ihr bei uns!«

Die Antwort kam sofort, und die Gesichter von Tony und dem Piloten des Eagle Eins erschienen nebeneinander auf dem Schirm. »John!« schrie Tony. »Alles in Ordnung?«

»Uns geht es allen hervorragend. Wo seid ihr?«

»Nicht weit weg, Commander«, antwortete der Pilot. »Wir sind euch gefolgt, ohne uns aber sehen zu lassen.«

»Fein, fein. Gut, ihr könnt jetzt längsseits kommen und uns an Bord nehmen. Swift Ende.«

Helena kam zu ihm in die Kabine und tätschelte ihm die Schulter. »Und was jetzt, John?« fragte sie.

»Unser nächstes Problem ist die Gedächtnisbank von Brians Computer. . . Hoffentlich ist sie nicht beschädigt, so daß wir sie zur Mondbasis schaffen können.«

»Angenommen, dazu braucht ihr einen Computerexperten«, sagte Maya und schob sich schön und geschmeidig wie immer in die Kommandokabine.

Koenig nickte zustimmend. »Richtig. Und du hast hervorragende Arbeit geleistet. Vielen herzlichen Dank.«

Maya nickte bescheiden. »Ich mache mir um eines Sorgen.«

»Und was ist das?« fragte Koenig.

Maya deutete auf den Schirm, der noch immer den an der Luke baumelnden Brian zeigte. »Seine Antenne hat sich verfangen. Pech. Aber der Verschluß ist nicht hermetisch, und wir könnten mit einem Luftdruckabfall zu rechnen haben.«

Koenig hatte sich schon herumgedreht und hielt nach einem Schrank Ausschau, in dem die Gedächtnisbank gelagert sein konnte. »Das ist doch kein Problem«, meinte er gleichmütig. »Warum schneiden wir den Schwanz nicht einfach ab?«

»Nein«, kam eine schwache von Statikgeräuschen fiebernde Stimme über die Sprecher. »Nein, denn. . . wenn ihr meine Antenne abschneidet. . .« Sie sahen, daß die Lichter am Schrank wieder ganz schwach glühten, »denn wenn ihr meine Antenne abschneidet, wird meine ganze Gedächtnisbank gelöscht. Die Mondbasis wird dann für immer blind.«

Koenig herrschte ihn am Mikrophon an. »Brian, ist das wahr? Oder ist das auch wieder nur eine deiner verdammten Lügen?«

Verzweifelt bemühte sich das Gehirm um die Wiederherstellung seiner Kraft. »Wenn ihr mich nicht jetzt sofort hineinholt, lösche ich's sowieso.«

Koenig hielt das für einen Bluff. »Das muß ich eben riskieren.« Über die Schulter sagte er zu Maya: »Schneid die Antenne ab.«

Brian kreischte: »Nein, nein, nein! Bitte, schneidet meine Antenne nicht ab. Bitte. Bitte, schneidet sie nicht ab.«

»Na, schön, Brian«, antwortete Koenig bestimmt. »Wir lassen dich am Leben – vorausgesetzt, du übergibst uns deine Gedächtnisbank unbeschädigt.«

Sie hätten schwören mögen, daß Brian weinte, denn die Geräusche, die er von sich gab, waren Schluchzern verdächtig ähnlich. »Ja, ja, meine Erinnerungen könnt ihr haben. Alles. Alles.« Das Diagramm der Computerstromkreise erschien auf einem Monitor. Maya studierte es genau, prägte sich die Datenlagerung ein und wie sie abzurufen waren. »Ich wollte doch nichts anderes als leben, nur leben«, jammerte er.

Koenig gelang es nicht recht, sich zu entspannen, denn ehe sie nicht im Kontrollzentrum von Alpha waren, konnte er nicht daran glauben, daß sich Brian wirklich geschlagen gab. Zur Entspannung war er erst bereit, als die gesamten Computerdaten der Swift sicher auf den Mondbasencomputer umprogrammiert waren.

Maya lächelte ihn von ihrem Platz am Monitor aus an. »Sir, alles vollständig umprogrammiert. Alle Tests sind positiv«, meldete sie.

Koenig schaute Yasko an und Tony, die beide nickten. Endlich holte er selbst tief Atem und ließ sich in seinem Sessel zurückfallen. Das ganze Personal der Kommandozentrale holte ebenfalls Atem, und dann machte man sich an das wichtige Geschäft, die Mondbase wieder zur normalen Funktion zurückzuführen.

»Tony«, sagte Koenig, »gib mir einen Status-Check aller wichtigen Systeme und Abteilungen. Mit den wichtigsten Daten fängst du an.«

»Gut. Dann fangen wir dort an, wo wir aufgehört haben.« Tony schaute zu Maya hinüber und konnte sich ein glückliches Lachen nicht verkneifen, weil er sie nun wieder ansehen konnte. »Maya, machen wir einen Horizont-Check, damit wir endlich wissen, wohin wir gehen.«

Maya fütterte die Information über den großen Schirm, so daß alle zusehen konnten. Die Buchstaben standen kräftig vor dem hellen Hintergrund: HORIZONT STABIL – RICHTUNG UNVERÄNDERT.

Helena schüttelte den Kopf. »Das war also auch nur wieder eine Lüge von diesem Brian«, sagte sie. »Er hat unseren Computer schon in die Irre geführt, ehe wir wußten, daß es ihn überhaupt gibt. Der Mond ist auf dem richtigen und alten Kurs.«

Koenig nickte und erwartete von Tony den nächsten Bericht. »Die Vorräte von Tiranium sind sehr ausgeplündert, Commander«, meldete er und kontrollierte die Zahlen. »Während des Blackout infolge ungenügender Computerdaten wurde zu viel zu schnell verbraucht.«

»Wie schlimm ist es?«

Tony rechnete. »Wenn wir die Bestände nicht auffüllen, erreichen wir in etwa einem Monat den kritischen Punkt.«

Koenig schlug mit der Hand klatschend auf die Armlehne seines Sessels. Tiranium war das einzige seltene Element, auf dem das ganze Kraftsystem von Alpha beruhte. Ohne Tiranium mußte bald die ganze künstliche Umgebung versagen, und die Computerfunktionen würden zusammenbrechen. Die aufgefüllte Datenbank des Computers nützte ihnen also nichts mehr.

Helena war darüber sehr enttäuscht, denn Tiranium war auch in der Medizin bei schwierigen chirurgischen Eingriffen wie etwa Teileersatz sehr wichtig.

»Sehr schön klingt das ja nicht«, sagte Koenig. »Ich will so schnell wie möglich genaue Daten bekommen. Es sieht ganz so aus, als hätten wir Brian, dem Gehirn, allerhand zu verdanken.«

»Sir, was soll mit dem Schrank geschehen?« fragte Maya.

»Das weiß ich auch noch nicht. Schauen wir ihn erst mal an.«

Auf dem großen Schirm erschien das Teleskopbild der Swift. Sie trieb lautlos durch die Schwärze, denn alle Maschinen waren abgeschaltet. Sie sahen gerade noch die Umrisse des herabhängenden Schrankes, der Brian, das Gehirn, war. Maya drückte ein paar Knöpfe und verband den Basis-Computer mit dem System der Swift. Das Bild brachte Brian in Großaufnahme, aufgenommen durch die Außenkameras der Swift.

»Sehr drohend sieht er jetzt nicht aus«, stellte Helena fest.

»Wir haben ihn geblendet und ihm sein Gedächtnis weggenommen.«

»Aber vergiß nicht«, warf Tony ein, »daß er, so lange er funktionsfähig war, eine Menge Menschen getötet hat. Und dich wollte er auch umbringen.«

Maya seufzte. »Seltsam, er fühlte sich doch schuldbewußt, mindestens am Tod von Captain Michael.«

Helena nickte. »Er hat sogar geweint. . . oder so ähnlich wenigstens.«

Koenig warf Tony einen fragenden Blick zu. Der Italiener schnitt eine Grimasse und hob die Hände. »Na, schön«, meinte er, »wir könnten ihm ja sein Gedächtnis wieder zurückgeben, nachdem wir es kopiert haben. Aber stellt euch doch mal vor, wie gefährlich er dann wieder wäre. Er könnte uns verfolgen und sich an uns rächen, indem er noch einmal unseren Computer außer Funktion setzt.«

Koenig legte nachdenklich einen Finger auf die Lippen. Was sollte geschehen? Er mochte nicht gern ein Bewußtsein, und sei es ein elektronisches, für alle Zeit blind und hirnlos dahintreiben lassen. »Und wenn wir das Gedächtnis löschen, ehe wir ihm die Bank zurückgeben?« schlug er vor. »Dann kann er nämlich ganz von vorne zu lernen anfangen, ganz ohne Schuld und Ehrgeiz, ohne Sehnsucht nach Unsterblichkeit, die ihn verrückt macht. Er bräuchte ein paar hundert Jahre, bis er sich selbst wieder genug Bildung aneignet.«

Tony nickte und verband sich selbst mit der Pilotenstation. »Kommandozentrale an Piloten«, sagte er. »Eagle Eins bereithalten für Abheben. Ihr werdet die Datenbank zur Swift zurückbringen.«

Koenig meinte, jetzt hätte er sich eine Tasse Synthokaffee verdient. »Helena«, fragte er mit müdem Lächeln, »können wir uns im Moment ein paar Minuten Freizeit leisten?«

»So, wie die Dinge liegen ist das noch mindestens einen Monat lang nicht drin«, antwortete sie und lächelte auch müde.

»Schade. Ich hätte ganz gerne über diesen Liebestest mit dir gesprochen.«

Maya sah fragend auf. »Welcher Test war das, Sir?«
Koenig sah, daß Helena amüsiert lächelte. »Oh, das war ein Test, den sich Brian, das Gehirn, hatte einfallen lassen.«
Da lachte Helena leise. »Wir haben ihn nicht bestanden«, sagte sie.

V

Alan Carter wußte, daß er eigentlich nicht in den Tunnels sein sollte, aber er hatte es gründlich satt, immer nur im Pilotenraum herumzuhocken und Karten zu spielen. Seit der Tiraniumknappheit wurden die Eagles so wenig wie möglich eingesetzt, denn man konnte selbst die geringen Mengen, die sie verbrauchten, nicht zur Verfügung stellen.
Jedenfalls hielt er es für besser, ein weiteres Paar scharfer Augen für die Tiraniumsuche einzusetzen. Er war ein alter Freund von Andy Johnson, dem rothaarigen jungen Mineralogen, der die Mondwanze fuhr, und der nahm ihn natürlich mit. Die Geologische Überwachung war erst am Tag vorher auf ein neues Höhlensystem gestoßen; während der Nacht hatte man Sauerstoff hineingepumpt, so daß die Geologentrupps ihre Untersuchungen durchführen konnten.
Alan genoß die Fahrt durch das dunkle Tunnelsystem. Da unten war es doch viel interessanter als jedes Rommépiel!
»He, Cobber, lauf weiter und laß uns einen Topf Gold finden!« schrie er.
Andy lachte. »Mein Lieber, eine Handvoll Tiraniumkiesel sind im Moment viel wertvoller als hundert Tonnen Gold. Und jetzt müssen wir wohl aussteigen und zu Fuß weitermarschieren.«
Die Mondwanze hielt an. Vor ihnen verengte sich der Tunnel zu einem schmalen Gang. »Sieht ja interessant aus«, meinte Carter.
Andy kletterte heraus und öffnete die Werkzeugkiste. »Du nimmst eine Radiumlampe, und ich bringe das Sonarskop mit. . . Siehst du dort diese Bruchlinie? Sie weist darauf hin, daß die subvulkanischen Strata. . .«

»Mensch, halt die Luft an! Ich will nur wissen, ob hier was zu holen ist. Von dir kriegt man, wenn man die Uhrzeit wissen will, immer gleich einen Schnellkurs im Uhrenbau.«

»Ha!« lachte Andy. »Und du mit deinem Astronautentraining. Wenn ich frage, wofür der kleine schwarze Knopf da ist, dann ratterst du ein paar Seiten der Bedienungs- und Pflegeanleitung der Eagle herunter.«

Beide lachten, Andy hob die Lampe heraus, und Alan folgte ihm in einen Spalt hinein, der gerade breit genug war, um durchgehen zu können. Auf der anderen Seite kamen sie in eine sehr große natürliche Höhle und schalteten die Lampe ein. Die stellte Andy auf den Boden. Sie wurde rasch heller, und ihr Schein erfüllte die Höhle.

»Ja, ja«, meinte Andy und legte sein Gerät aus. Alan half ihm beim Aufbau des Stativs und setzte die Sonarröhre auf. Johnson schaltete den Energiepack ein.

»Na, schön. Und jetzt hilf mir beim Suchen«, sagte Andy.

Aus dem Rohr schoß ein scharfer, hochstabilisierter Lichtstrahl, den Andy auf die Höhlenwand richtete. Auf der Anzeigescheibe ließ sich das elektromagnetische Feld und das Vorkommen von Mineralien und Erzen ablesen. Als sie beim drittenmal fünf Fuß vom Höhlenboden aus mit dem Strahl über die Wand gingen, kam aus dem Sonarsensor ein scharfes, leises Heulen.

»Ich hab was«, sagte Alan.

Andy bewegte den Strahl erst horizontal, dann vertikal weiter, um den Koordinationspunkt für das stärkste Signal zu finden. Dann schaltete er den Sucher ein. Nur ein leises Zittern im Arm meldete ihm, daß die sonischen Wellen auf einen bröckelnden Fels trafen. Nach ein paar Augenblicken konzentrierten Bohrens gab der Sensor so etwas wie einen Glokkenschlag ab, und Alan sah, wie die Anzeigenadel des Gerätes einen scharfen Satz tat.

»Das ist es!« schrie er.

Andy ging zu dem kleinen Loch in der Felsmauer, vor dem pulverisierter Staub herumtanzte. Von seinem Gürtel nahm er einen langen, dünnen Pickel, schob ihn in das Loch und grub vorsichtig herum. Als er ihn herauszog, nahm er einen kleinen blauen Stein mit, der ihm in die Hand fiel.

»Na, was sagst du jetzt? Das ist doch tatsächlich Tiranium in diesem Berg!«

Alan betrachtete den Stein und legte ihn in die Mustertasche. Sofort nahmen sie sich eine andere Wandstelle vor. Sie hatten noch kaum die Maschine eingeschaltet, als sie laut quäkte und auch nicht mehr aufhörte. »He, das scheint ein größeres Lager zu sein!« rief Andy.

Schließlich gelang es ihm, eine lange, gerade Kante hinter dem Fels auszumachen. »Es könnte sein, daß da eine ganze Ader verläuft!« rief er und schaltete das Bohrgerät auf höchste Leistung.

Die Höhlenwand vibrierte ständig, und langsam krümelte die Wand weg. Er war mit dem Bohrer schon etwa drei Fuß tief gekommen, als durch ein etwa fenstergroßes Loch silbriges Metall schimmerte. Da schaltete Andy schnell die Maschine ab.

»He, das ist aber kein Tiraniumlager«, stellte er verblüfft fest.

Alan war ebenso erstaunt. Man konnte noch nicht feststellen, was es war. Andy stellte den Bohrer wieder an und räumte den Fels zu beiden Seiten ab. Nach einer Weile hatte er eine Art Türen von ungefähr sieben Fuß Höhe und fünf Fuß Breite freigelegt. In dieser Tür stand zurückgesetzt ein Gehäuse, das wie ein großer Schrank aussah, aus transparentem Material bestand, mit glänzendem Metall eingefaßt und im übrigen staubig war.

»Da ist was drin«, erklärte Alan nach einem Blick aus der Nähe.

Andy schaltete das Gerät ab und holte die Lampe näher heran, damit mehr Licht in diese Höhlung fiel. Alan schluckte eine Menge Staub. »Darin ist ja jemand!« rief er. »Ein Mann und ein Junge. . . wie Leichen sehen sie aus.«

»Der Fels ist doch seit Millionen von Jahren unberührt«, wandte Andy ein. »Was ist es denn?«

»Ich dachte. . .« Doch ehe Alan sagte, was er dachte, trat er direkt vor das Fenster und musterte die vom Staub unklaren Umrisse des Mannes im Gehäuse. Er hob eine Hand und wischte über dem Gesicht das Glas sauber. Doch als seine Hand das Glas berührte, wusch grünes, blendendes Licht darüber hin. Carter schrie, und seine Hand klebte am Glas, als stehe es unter Hochspannung. Er spürte, wie er ohnmächtig wurde. Daß er dann umfiel, wußte er nicht mehr.

»Alan, Alan!« rief Andy und kniete neben ihm nieder. Zum Glück atmete Carter noch, wenn auch in flachen, angestrengten Stößen.

Dort, wo Alans Hand gelegen hatte, konnte Andy jetzt durch das Glas schauen. Er erblickte ein kräftiges, eckiges Gesicht und tiefe, große Augen, die ihn kalt anschauten.

In seiner unbeschreiblichen Angst suchte er sein Commlock, das Funksprechgerät, mit dem man gleichzeitig die Schließmechanismen der Türen betätigen konnte.

Der Unfalltrupp von Alpha ging sofort an die Arbeit. Einer der Techniker hatte das Sonarskop direkt vor dem geheimnisvollen Gehäuse aufgestellt und räumte sehr vorsichtig zu beiden Seiten den Fels weg. Tony Verdeschi überwachte das. Er und der Rest des Trupps vermieden es sorgfältigst, dieses Gehäuse zu berühren.

Alan lag inzwischen auf einer Trage, und Helena und Dr. Ben Vincent untersuchten ihn. Sie führte ein Bioscan über seine Brust und lächelte, als sie sah, daß er sich rasch erholte. Dr. Vincent wurde nicht mehr benötigt und versuchte herauszufinden, ob über die Wesen in dem Gehäuse etwas zu erfahren war. Die Vorderseite war nun mit einem Druckluftstrahl gesäubert worden, und jetzt ließen sich die beiden Leute darin klar erkennen. Es waren ein Mann und ein Junge von etwa vierzehn Jahren. Sie standen steif und aufrecht da wie Statuen, die Augen fest geschlossen.

Alan Carters Lider flatterten, und dann sah er Helenas Gesicht über sich. Sie lächelte ihn an und legte einen Druckinjektor mit einem leichten Schmerzmittel an seinen Arm.

»Wie unser Rettungsteam sagen würde, wenn sie einen abgestürzten Astronauten finden, der zwei Tage lang mit einem gebrochenen Arm, drei angeknacksten Rippen und einem angebrochenen Bein bewußtlos auf einem fremden Planeten lag – he, alles in Ordnung, Alter?«

Das Schmerzmittel hatte noch nicht gewirkt, und Alan setzte sich stöhnend auf. »Ich habe das Gefühl, mich hat ein verfluchtes Pferd getreten«, sagte er.

»Medizinische Diagnose: Prellung«, meinte Helena lachend.

Alan rieb sich den Nacken. »Kannst du leicht sagen. Du hast ja nicht meinen Kopf auf, Doc.«

Tony und Andy traten zu ihm, als Alan vorsichtig aufstand. Er nickte den beiden zu zum Zeichen, daß er sich schnell von seinem Schock erholte.»Nicht der edelste Körperteil getroffen, wenn es nur der Kopf ist«, meinte Tony und wollte wissen, weshalb er überhaupt im Tunnel sei.

»Ein bißchen Aufregung wollte ich«, erklärte Alan entrüstet. »Und die habe ich ja nun wohl.« Tony lachte. »Hat jemand schon Theorien über das Ding entwickelt?«

Helena und Andy schüttelten die Köpfe, doch Alan meinte: »Vielleicht ist das eine cryogenische Anlage. Eingefroren zur Wiederbelebung.«

»Wollen mal sehen«, sagte Helena und trat zu Dr. Vincent, der die medizinischen Sensoren auf das Gehäuse angesetzt hatte. Der kleine runde Skopschirm zeigte zwei gerade Lichtlinien. Sie drückte einen Knopf; die Lichtlinien verschwanden, dafür zeigte sich eine Temperaturskala des Gehäuseinnern: Temp. 4 °C.

»Hm. Kühl ist es schon da drin, aber weit über den cryogenischen Temperaturen«, stellte sie fest. Helena drückte auf einen weiteren Knopf, worauf wieder die beiden geraden Linien erschienen.

Dr. Vincent zuckte die Achseln. »Kein Lebenszeichen, keine Gehirntätigkeit, kein Herzschlag, keine Atmung.«

»Dann vielleicht irgendeine Begräbnisform?« schlug Tony vor.

Helena runzelte die Brauen. »Ein bißchen zuviel Aufwand für ein Grab, meine ich. Von einem starken Kraftfeld umgeben. Wovor sollen die beiden beschützt werden?«

»Vor uns vielleicht?«

Andy wollte erst nicht unterbrechen, doch dann konnte er seine Gedanken nicht mehr für sich behalten. »Das ist kein Grab«, sagte er, und alle schauten ihn an. »Man begräbt doch Menschen erst, wenn sie tot sind, und der große Kerl da, der lebt.«

»Unsere Sensoren melden aber nichts, Andy«, sagte Helena.

Aber Andy schüttelte sich, als er an die großen, strengen Augen dachte, die er offen gesehen hatte. »Der Sensor hat das nicht gesehen, was ich gesehen habe. Als Alan nämlich stürzte, hat mich der Kerl angeschaut.«

Helena wandte sich an Alan. »Hast du so etwas gesehen?«

»Moment«, sagte da Andy, »du glaubst also, ich bin ausgeflippt?«

»Unter Streß meintest du, Alan sei tot«, erklärte Helena. »Da kann einem der Geist ganz schöne Streiche spielen.«

Andy marschierte vor das Gehäuse. Alle folgten ihm und schauten die beiden Gestalten an. »Aber ich habe ihn doch gesehen!« rief Andy. »Die Augen waren weit offen!«

Tony schaute zur Oberseite des Gehäuses, und dort entdeckte er irgendein Muster am Metallrahmen. Er stieß Helena an und zeigte es ihr. Von einer Kugelform gingen flammenartige Kurven aus und liefen zu einer Spitze zusammen.

»Was könnte das bedeuten?« fragte sie.

Alan besah sich das Zeichen ebenfalls. »Ich nehme an, es heißt, wenn jemand diesen Schrank da berührt, kriegt er einen schönen Schlag.«

Andy hielt diesen Gedanken für nicht sehr spaßig. »Ich meine aber, daß es heißt, wer das Gehäuse anrührt, wird getötet – so wie der Bursche mich angestarrt hat. Es war Mord in seinen Augen.«

»Helena!« rief Dr. Vincent, und alle drehten sich zu ihm um.

»Eben habe ich einen Herzschlag aufgenommen«, meldete er aufgeregt.

An den Gestalten hatte sich jedoch nichts verändert. Tony ahnte plötzlich, daß sich Andy nicht geirrt hatte; er hatte also doch die offenen Augen des Mannes gesehen.

»Aber nur einen einzigen Herzschlag in der ganzen Zeit, die wir hier sind«, bemerkte er verwundert.

Helena steuerte einen anderen Gedanken bei. »Prüf mal das Luftvolumen in den Lungen nach. . . Vielleicht hat es sich seit Beginn der Überwachung irgendwie verändert.«

Die Frage klickte durch den Monitor, und Dr. Vincent las auf dem Skopschirm das Ergebnis ab: »In sieben Minuten 2,5 Millimeter Zunahme.«

»Er atmet ja!« rief Helena, wunderte sich aber über die außerordentlich niedere Frequenz.

Das allgemeine Interesse konzentrierte sich nun ganz auf das Kabinett. Die wichtigste Frage war gelöst, das Geheimnis hatte sich dafür vertieft.

»Und wie bekommen wir die beiden jetzt heraus?« fragte Helena.

Tony bückte sich und hob einen Stein auf. Er zielte und schnippte ihn mit dem Daumen gegen das Glas. Es blitzte grün, etwas schnappte laut, das Kraftfeld hatte es vernichtet.

»Sehr vorsichtig«, meinte er.

Der Techniker, der am Sonarskop arbeitete, hatte an der einen Seite die Steine weggeräumt, so daß sich die Tiefe des Gehäuses feststellen ließ. Ein großer Brocken Mondstein polterte herab. Nun zeigte sich, daß ein kleiner schwarzer Kasten weit hinten an der Seite befestigt war.

»Mr. Verdeschi!« rief der Techniker. »Schauen Sie sich das mal an!«

Tony drängte sich in die Öffnung. Ein kleines Viereck ragte etwa zwei Fingerbreit über die Seite hinaus. An dessen Vorderseite befanden sich etliche Knöpfe und Skalen, für deren Benennung ein Kode benützt worden war, der ihnen gar nichts sagte.

Alan und Helena zogen das Sonarskop aus dem Weg und

folgten dem Techniker. Alan vergaß, die nach oben gerichtete Skopröhre abzuschalten.

»Das muß die Energiequelle sein«, meinte Tony.

Alan nickte. »Und die Instrumentenkontrolle. Kannst du damit umgehen?«

Tony warf einen Stein gegen das Kästchen; er prallte unbeschädigt ab. »Berühren kann man das Ding«, stellte er fest. »Aber welcher Knopf tut was?«

»Erst müssen wir herausfinden, wie das Kraftfeld abgestellt wird«, riet Helena. »Wäre nur Maya hier! Sie hätte das in einer Sekunde gefunden. Vielleicht sollten wir sie herunterkommen lassen.«

Plötzlich krachte es oben, und ein kleiner Steinschauer rieselte auf sie herab. Alle schauten nach oben und sahen einen tiefen Spalt, der sich rasch über die Höhlendecke verbreiterte.

»O verdammt noch mal, der Bohrer ist nicht abgeschaltet!« rief Alan.

Der Hauptriß verzweigte sich wie ein Blitz, auch mit dem gleichen Tempo. Und dann stöhnte der Fels, und die Gewölbedecke gab allmählich nach. Eine riesige Felsplatte neigte sich über ihnen abwärts.

Alan drehte das Skop sofort ab, doch oben breitete sich die Unruhe im Stein noch weiter aus. Tony winkte alle zurück in den Tunnel. Grüne Funken flogen, als ein Steinregen gegen das Kraftfeld flog und abprallte.

»Zurück, alles zurück!« schrie Tony.

»Tony, wir können sie doch nicht einfach im Stich lassen!« wandte Helena ein.

»Helena, weg mit dir!«

»Sie leben doch! Wir können sie nicht sterben lassen!«

Tony zögerte, tat einen Satz in die Nische neben dem Kästchen, fand einen roten Knopf, der ihm als der Wahrscheinlichste vorkam, biß die Zähne zusammen und drückte ihn fest hinab. Plötzlich hörten die Steine auf, mitten in der Luft zurückzuprallen und klickten und klackten nun an das Glas des Gehäuses. Noch wußte er aber nicht, wie das Kabinett zu öffnen war.

Er suchte gerade einen anderen Knopf heraus, als ein großer Teil der losen Platte herabpolterte. Da jetzt kein Kraftfeld mehr das Glas schützte, ging es von dem Anprall in Trümmer. Der ältere Mann innen kippte nach vorne und rollte direkt vor Helena.

Tony und Alan schleppten den Mann in einen sicheren Höhlenteil, und wieder kam ein Stück der Decke herab.

»Der Junge!« rief Alan. Tony versuchte seinen Arm festzuhalten, denn der Rest der Höhlendecke konnte im nächsten Moment herunterkommen. Nun konnte Alan den Jungen herausholen und hob ihn auf die Arme. Ein dicker Felsbrocken fiel ihm auf den Fuß. Mit einer gewaltigen Anstrengung befreite er ihn und war mit ein paar Sätzen einigermaßen in Sicherheit.

Mit Donnergepolter stürzten nun viele Tonnen Fels herab, so daß der ganze Höhlenboden bebte. Alan warf sich an der Wand auf den Boden und schützte den Jungen mit seinem Körper vor den herumfliegenden Steinen.

Als das Rumpeln aufhörte und der Staub sich zu setzen begann, ließ Alan den Jungen zu Boden gleiten und wischte sich und ihm den Staub vom Gesicht. Tony kniete neben ihm nieder. »Diesmal hast du aber mit deinem Glück gespielt«, sagte er.

»Er ist doch noch ein Kind«, sagte Alan. »Ich konnte ihn nicht umkommen lassen.«

Helena arbeitete schon an dem Mann, um festzustellen, ob er verletzt war. Dr. Vincent half ihr mit dem Bioscan und hielt es über die Brust des Mannes.

»Ein Herzschlag!« stellte er erstaunt fest. »Und auch Gehirntätigkeit. Wird lebhafter«, fügte er hinzu.

Dann begann sich der Mund des Mannes zu bewegen. Lippen hatte er kaum, sondern nur eine farblose, strenge Linie, die sich schwach öffnete. Mit knarrender, angestrengter Stimme sagte er: *»Etrec! Etrec!«*

»Das muß wohl der Junge sein«, sagte Dr. Vincent.

»Nimm den Monitor mit zu ihm«, schlug Helena vor.

Das tat Vincent, und Helena versuchte den Mann zu beruhigen. »Nicht aufregen«, sagte sie. »Kommt schon alles in Ordnung.«

Immer wieder formte der Mund des Mannes das gleiche Wort. Dann bewegte sich seine Hand in die Richtung, wo der Junge lag. Helena berührte seine Brust zum Zeichen, er möge sich still verhalten und ging zum Jungen hinüber.

Dr. Vincent schaute vom Monitor auf. »Ich habe einen Herzschlag festgestellt.«

»Reinen Sauerstoff zuführen«, befahl Helena.

Dr. Vincent nahm aus seiner Ausrüstung eine Atemmaske und legte sie über das Gesicht des Jungen. »Und jetzt die Brust pumpen«, wies Helena an.

Während Vincent regelmäßig den kleinen Brustkorb zusammendrückte und losließ, um die Atmung anzuregen, nahm Helena eine rasche Untersuchung auf Verletzungen vor. Erleichtert stellte sie fest, daß nichts zu fehlen schien, und sie freute sich dann, als sie sich davon überzeugte, daß Gehirn und Herz von Minute zu Minute besser arbeiteten.

Während sie noch den Jungen beobachteten, rührte sich der Mann hinter ihnen. Er öffnete die Augen und wandte den Kopf hin und her, um zu sehen, wo er war.

Erst sah er nur die Rücken der Leute, die sich über Etrec beugten. Seine Miene wurde zu einer Haßgrimasse, und in der Haut seiner Stirn zeigte sich ein Licht, das immer stärker, aber auch entsetzlicher wurde, etwa so, als sei ein heißes Brandeisen unter der Haut eingepflanzt. Dieses Licht bildete das flammenähnliche Symbol, das sie auch auf der Metalleiste des Kabinetts gefunden hatten.

Seine Augen entdeckten einen im Licht schimmernden Pickel, den einer der Leute des geologischen Teams verloren hatte. Mühsam griff er danach, und wie in Verzweiflung schlossen sich seine Finger um den Stiel. Die Anstrengung war aber zu groß für ihn. Er seufzte und fiel bewußtlos zurück.

Dr. Vincent lächelte die besorgten Gesichter um ihn herum an. »Gehirn und Herz kräftigen sich sichtlich«, berichtete er. »Gehirn sieben-sieben-drei und steigend. Herz vierzigvier. . . vierzig-fünf. . . vierzig-sechs. Steigt beständig an.«

Alan sah Helena an. »Ist er soweit sicher?«

Sie nickte. »So sicher wie wir alle.« Sie stand auf und gähnte, um ihre Gesichtsmuskeln zu entspannen. Sie warf einen Blick zu dem älteren Mann hinüber, der noch so dalag wie vorher. Ihre Augen schmerzten von dem Staub, der noch immer in der Höhle hing, und deshalb störte sie auch das rote Glühen über seiner Stirn nicht, das langsam verschwand. Sie hielt es für eine optische Täuschung und dachte nicht weiter darüber nach.

VI

Die beiden Fremden lagen nebeneinander im Lazarett und waren ganz ruhig. Im Schlaf waren die Gesichter totenähnlich leer wie im Kabinett. Aber jetzt hatte Helena immer nur den Lebenssystemmonitor nachzuprüfen, um sich zu überzeugen, daß alles gut weiterging. Sie sah sogar, wie sich die Brust der beiden in tiefen, rhythmischen Atemzügen hob und senkte.

Müde rieb sie sich die Augen. Es war ihr gar nicht recht, daß John zu einem Notfall im Blauen Quadranten der Minenüberwachung gerufen worden war. Sie hatte keine Ahnung, welche Kommunikationsprobleme sich ergeben könnten, wenn die beiden aufwachten, und deshalb wäre es ihr viel lieber gewesen, er hätte dabeisein können, um zu helfen. Wäre nur wenigstens Maya in Reichweite! Aber sie hatte John begleiten müssen. Nun, sie mußte es eben allein den beiden so behaglich wie möglich machen, damit sie sich willkommen fühlten.

Sie schaltete das Aufnahmegerät auf ihrem Tisch ein, um den täglichen Bericht einzugeben. »Mondbasis Alpha, Abteilung Medizin. Bericht: Dr. Helena Russell. Meldung eines besonderen Vorkommnisses. Ausgrabungsentdeckung... medizinisch. Beide Subjekte sind ruhig. Herzanregungsmittel nicht mehr nötig.« Sie machte eine Pause, da Dr. Vincent mit neuen Testdaten kam. Die sah sie durch und nahm ihren Bericht dann wieder auf. »Ständige Überwachung aller Körperfunktionen. Voranalyse deutet darauf hin, daß Zellstruktur und Metabolismus neun-eins-Punkt-sieben Prozent der menschlichen Norm aufweisen. Kleinere Unterschiede in Blutzusammensetzung und Gehirnmuster. Weitere Tests werden durchgeführt.«

Helena schaltete das Gerät ab und ging zu Dr. Vincent hinüber, dem von einem Pfleger assistiert wurde.

»Wie gut schlafen sie?« wollte sie wissen.

Der Pfleger musterte die gezackte Kurve der EEG-Aufzeichnung. »Sie schlafen sehr tief«, meldete er.

»Natürlich oder mit Sedativ?«

»Sedativ«, antwortete Dr. Vincent. »Sie bekommen noch Somnol.«

»Absetzen«, befahl Helena, und der Pfleger nahm die Osmosepflaster von den Unterarmen der Fremden.

Dr. Vincent nickte. »Alle Daten stabil. Sollen wir den Computer programmieren, um detaillierte funktionelle Analysen zu bekommen?«

Helena sehnte sich danach, ein paar Stunden lang ausruhen zu können, aber dazu war jetzt keine Zeit. Dr. Vincent brauchte sie, da ja auch noch andere Patienten zu versorgen waren.

»Na, gut. Machen wir weiter«, sagte sie.

In dem Augenblick, als sich die Tür des Krankenzimmers hinter den Ärzten und dem Pfleger geschlossen hatte, öffnete der Mann die Augen. Er schaute sich um, so gut es ihm möglich war, ohne den Kopf zu bewegen, um sich davon zu überzeugen, daß er mit Etrec allein war.

Langsam und sehr vorsichtig setzte er sich auf und ließ sich vom Bett gleiten. Er ging zu Etrec hinüber, der noch immer schlief. Das Gesicht des Jungen war glatt und sehr blaß. Zärtlich legte der Mann dem Jungen eine Hand aufs Gesicht. Er war sehr traurig.

Die Berührung ließ Etrecs Augen flattern, erst vor Angst, doch dann schaute er erleichtert auf, als er den Mann erkannte. »Pasc!« sagte er glücklich, »sind sie zurückgekommen? Haben sie eine Möglichkeit gefunden?«

Pasc schüttelte betrübt den Kopf. »Wir sind unter Fremden. Es gibt nichts außer unserem eigenen Weg.«

Die Augen des Jungen weiteten sich vor Angst. »Nein, Pasc! Nein! Vielleicht können die Fremden helfen.«

»Für mich gibt es keine Hilfe. Bald wird es auch keine mehr für dich geben.«

Ein Gedanke ging durch Etrecs Geist, eine vage Erinnerung an sein Schicksal; er hob eine Hand an die Stirn. Pasc schob sie sanft weg. »Noch nicht«, sagte er.

Etrec war erleichtert. »Bitte, laß nicht zu, daß es kommt.«

»Ich kann es nicht aufhalten.« Bei ihm selbst begann sich das Flammenemblem wieder zu zeigen.

»Doch, du kannst«, beharrte Etrec. »Töte mich.«

»Nein, das kann ich nicht.«

»Warum nicht? Du hast auch Lok und Kerak getötet.«

Pascs Gesicht drückte einen unheimlichen inneren Schmerz aus, und das Symbol glühte noch stärker; es war ein Leuchtfeuer roter Hitze. »Ich brauche dich«, flüsterte er verzweifelt, »und die Zeit wird kommen, da du auch mich brauchst.« Er wandte sich ab und ließ sich wieder auf sein Bett nieder. Sorgfältig kontrollierte er seine Emotionen, und bald fühlte er, daß das scharlachrote Mal verblaßte. Er wußte, es mußte sehr schnell etwas geschehen. Dann entdeckte er eine dicke Rolle Mullbinde auf dem Nachttisch.

Als Helena hörte, Commander Koenig werde in ein paar Minuten über Radio die Kommandozentrale anrufen, lief sie, um mit ihm reden zu können. Yasko und Tony waren gerade dabei, den Kontakt herzustellen, als sie ankam.

»Eagle Eins«, sagte Yasko, »hereinkommen, Eagle Eins. Mondbasis Alpha, Kanal klar.«

Der große Schirm wurde klar, und langsam formte sich ein Bild der Pilotenkabine von Eagle Eins. Der Empfang war sehr schlecht, das Bild war mehrfach unterbrochen und wie in Scheiben zerschnitten. Ein paarmal verschwand es völlig.

»Eagle Eins an Mondbasis Alpha. Habt ihr Empfang?« fragte Koenig.

Yasko stellte das Gerät nach, um eine bessere Bild- und Tonqualität zu erreichen. »Nicht sehr gut, Commander«, berichtete sie. »Es gibt zu viele Interferenzen.«

»Das wundert mich nicht«, antwortete er. »Wir sind mitten in einem Meteorsturm. Die Überwachungsgruppe hier wurde schwer getroffen. Sehr große Teile der Ausrüstung sind zerstört oder beschädigt, und einige Männer sind unter Grund eingeschlossen. Es könnte sein, daß wir den Kontakt mit euch wieder verlieren, also müssen wir uns kurzfassen.«

Tony schaltete sich besorgt ein. »Ich schicke euch eine zweite Eagle zur Unterstützung, wenn es nötig ist, Commander.«

»Nicht nötig, Tony. Spar den Treibstoff. Maya und ich werden schon damit fertig. Ist Helena in der Nähe?«

Helena schaltete ihre Konsole auf den Hauptschirm, so daß Koenig sie auf dem Schirmempfänger der Eagle Eins sehen konnte. »Hier, John.«

»Gibt es etwas Neues über eure Besucher?«

»Sie schlafen noch. Wir machen eine volle medizinische Analyse. Alle Tests zeigen sie bisher an der Grenze der menschlichen Normen.«

Koenig nickte. »Etwas hinzuzufügen, Tony?«

»Planet unbekannt, Commander«, berichtete er knapp. »Keine Identifizierung. Können noch nicht fragen. Bis wir das tun können, bleibt ein Faktor X.«

»Bis ihr Genaues wißt, behandelt die beiden auch als Faktor X«, riet ihm Koenig im Ton einer Warnung.

Als die Stimme kam, waren sie alle verblüfft, sogar Koenig, der sie nur durch einen Störschleier hörte. Die Stimme war stark, voll und von einer merkwürdigen Klarheit und erinnerte an ein scharfes Schwert.

»Und was wollt ihr wissen?« fragte die Stimme.

Alles Personal in der Kommandozentrale drehte sich zur Tür um, durch die gerade der Mann und der Junge kamen. Sie trugen ihre einfachen, silberfarbenen einteiligen Anzüge, und der ältere Mann hatte um den Kopf einen turbanähnlichen Verband. Auch Koenig konnte die beiden sehen, da

Yasko die Geistesgegenwart besaß, die Weitwinkelkamera einzuschalten, die den ganzen Raum erfaßte.

Die beiden nahmen neben Helena Aufstellung. Alan Carter erholte sich rasch von seinem Staunen und kam herangelaufen. »He, Cobber!« rief er und tätschelte Etrecs Schulter. Der Junge war schmal, und er stand wie ein Turm über ihm. »Fein, daß du wieder auf bist.«

Etrec war verwirrt. »Cobber?« fragte er.

Alan strahlte ihn an. »Das heißt, daß du ein Kumpel bist, ein Freund. Vielleicht weißt du's nicht mehr, aber ich bin der Bursche, der dich aus diesem Höhleneinbruch rausgezogen hat.«

Etrec verstand kaum, was man zu ihm sagte, aber er mochte den großen blonden Mann sofort.

Pasc erklärte Helena, warum sie sich so schnell erholt hatten. »Unser System baut ein Sedativ, wie ihr sagen würdet, viel schneller ab als das eure.«

»Und was ist mit deinem Kopf?« fragte sie.

Er gab sich so harmlos, daß man ihm glauben mußte. »Nur ein Kratzer. Mein Gleichgewicht war noch nicht ganz in Ordnung, als ich aufstand. Ich schlug mit dem Kopf an die Wand.«

Sofort griff Helena nach oben, um einen Blick auf die Wunde zu werfen, aber Pasc fing ihre Hand sanft ein. »Bitte«, sagte er. »Das kann ich nicht erlauben. Auf Archanon hat das Blut eines Mannes eine sehr tiefe geistige Bedeutung.«

Mayas Stimme kam nun durch die Lautsprecher der Zentrale. »Archanon?« Alle schauten auf den Schirm und sahen, daß sie neben Koenig getreten war. »Archanon. . .«, sagte sie noch einmal, als versuche sie sich an etwas zu erinnern.

Niemand sah, daß Pasc vor Angst zusammenzuckte, denn alle schauten Maya an. Jemand hatte den Namen seines Heimatplaneten erkannt. Aber schnell legte er sein Gesicht wieder in ruhige Falten.

Maya wußte es plötzlich. »Das ist der Planet des Friedens«, erklärte sie, und Pasc war sofort erleichtert.

»Ja, wir sind Archanonen, die Friedensbringer. Ich bin Pasc, und das ist Etrec, mein Sohn.«

»Auf Psychon«, sagte Maya, »haben wir Legenden von anderen Raumreisenden gehört. Legenden von den Friedensbringern. Vom Sieg Gottes über das Böse.«

Unvermittelt begann das Bild auf dem großen Schirm zu hüpfen und aufzubrechen. Statt Mayas Stimme kam ein Rattern und Prasseln, und Yasko bemühte sich fieberhaft, den Kontakt auf einer anderen Frequenz wieder herzustellen.

»Es hat keinen Sinn, wir haben sie verloren«, stellte Tony fest. »Halt mal einen Kanal offen. Sie werden sich mit uns wieder in Verbindung setzen, sobald es eine Sturmpause gibt.«

Helena wandte sich nachdenklich an Pasc. »Der Sieg Gottes über das Böse?« fragte sie.

»Auf Archanon war Gewalttätigkeit ungesetzlich. Wir ersetzten bei unseren eigenen Menschen das Böse durch Gott. Dann schickten wir Botschafter in das ganze Universum, so daß auch andere sahen, wie das geschehen konnte. Ich war der Führer einer solchen Mission.«

»Ihr hattet aber nicht viel Erfolg, und dabei seid ihr von so weit hergekommen«, warf Tony ein.

Pasc hob die Hand zu einer beschwichtigenden Geste. »Oh, man braucht Zeit, um alle Lebewesen zu erreichen.« Sein Gesicht wurde grimmig. »Aber einen totalen Mißerfolg erlebten wir erst, als wir das Sonnensystem erreichten. Meine Mission endete auf eurem dritten Planeten, der Erde. Wir hatten einen Stützpunkt und Beobachtungsposten auf dem Mond. Wir sahen ungeheuer viele Gewalttaten und glühenden Haß. Meine Frau, Lyra, flehte mich an, die Erde ihrem Schicksal zu überlassen, doch ich überstimmte sie. Wir hielten uns für immun, als wir auf die Erde kamen, genau wie Ärzte, die sich in ein Pestgebiet begeben. Aber wir waren es nicht. Nur Etrec und ich entkamen der Verseuchung. Als wir zu unserem Mondstützpunkt zurückkehrten, meuterte die ganze Besatzung. Wir wurden überwältigt und in Stasis versetzt, während die Mannschaft ihren Wahnsinn. . . euren Wahnsinn in die entferntesten Winkel des Universums trug.«

Lange herrschte Schweigen nach dieser grausigen Erzählung. Pascs Stimme hatte alles ungeheuer lebendig erscheinen lassen. Aber dann kam Alan ein verwirrender Gedanke.

»Warum aber diese Stasiskammer?« fragte er. »Warum töteten sie euch nicht?«

Pasc lächelte zu dieser Frage, aber das war eine Reaktion panischer Angst, als er sich die Antwort überlegte. »Das konnten sie nicht«, entgegnete er nervös.

»Meinst du, die Archanonen können nicht sterben?«

»Sie können nicht töten. . . Auch dann nicht, wenn sie krank sind.« Während Pasc sprach, trat Etrec zu ihm und schaute unsicher und erwartungsvoll zu ihm auf.

»Was ist mit dieser Krankheit?« wollte Helena wissen.

Pasc räusperte sich und schaute weg, als habe er die Frage nicht recht begriffen. »Es ist ungeheuerlich, einem anderen das Leben zu nehmen, sogar unmöglich für die Rasse der Archanomen«, sagte er.

»Und deine Frau?« fragte Helen sanft. »Was geschah mit ihr?«

Pasc lächelte traurig. »Sie führte die Meuterer an. Sie hat uns auch in diese Kammer gesperrt.«

Etrec holte keuchend Atem und brach zusammen, doch Tony fing ihn noch rechtzeitig auf. Vorsichtig ließ er ihn auf den Boden nieder. Helena fühlte dem Kind den Puls. »Vorwiegend Erschöpfung«, stellte sie fest. »Ich lasse ihn ins Lazarett bringen.«

»Ich trage ihn schon hin«, bot Alan an, denn er hatte den Jungen gern und machte sich Sorgen um ihn. Daß er ihn aus dem Höhleneinbruch gerettet hatte, war die Ursache einer ehrlichen Freundschaft, und Kinder mochte er sowieso gern. In der Mondbasis gab es keine, obwohl es genug verheiratete oder ausreichend verliebte Paare gab. Koenig hatte angeordnet, daß man die Zeugung von Kindern nach Möglichkeit vermeiden müsse, bis die Zukunft Alphas sicherer sei.

Während Helena wieder Tests durchführte, blieb Alan bei dem Jungen. »Organisch fehlt gar nichts«, erklärte sie ihm, »aber es gibt da noch einige Einzelheiten in der physischen Struktur, die wir nicht ganz verstehen.«

»Er sieht aber auch nicht anders aus als wir.«

»Es ist innen, Alan. Das, was wir mit den nackten Augen nicht sehen können. Wir werden mit Hologrammen, Röntgenaufnahmen und einer ganzen Testreihe darangehen.«

Etrec stöhnte und hob den Kopf von den Kissen. Seine Augen waren verängstigt und verwirrt. »He, Cobber«, sagte Alan und lachte ihn an. »Wie geht es dir?«

Etrec erkannte ihn und lächelte. »Hunger«, sagte er.

Alan lachte lustig und wandte sich an Helena. »Siehst du, Doc, alles, was dem Jungen fehlt, ist eine ordentliche Mahlzeit – in tausend Jahren.« Er half Etrec, daß er sich aufsetzen und aus dem Bett gleiten konnte. »Jetzt hör mir mal zu. Ein Stück weiter vorne ist ein Raum. Dort gibt's Hamburger, wie du sie gar nicht für möglich hältst.«

»Hamburger?«

»Na, ja, ein bißchen hydroponisches Soya ist auch drin, aber schmecken tun sie wie ganz echte. . . Okay mit dir, Doc?«

Sie nickte. »Aber nicht übertreiben. Er hat ja seit tausend Jahren, wie du sagst, nichts gegessen.«

Helena verließ den Raum, und Alan paßte auf, als Etrec ein paar wackelige Schritte tat. Er reichte ihm einen stützenden Arm. »Kannst du's schaffen?« fragte er.

Niemand bemerkte es, als Pasc lautlos in den Raum schlüpfte. In der Hand hatte er ein Skalpell, und seine Augen hingen starr an Alans Rücken.

»Ich sag dir was«, schlug Alan vor. »Ich trage dich lieber.«

Da entdeckte Etrec hinter Alan den sich heranschleichenden Pasc, dessen Miene er natürlich mühelos deuten konnte. Er schüttelte den Kopf. »Nein. Bitte. Ich möchte lieber gehen.« Seine Loyalität verbot es ihm aber, seinen Vater zu verraten, aber gleichzeitig wollte er nicht dabeistehen und zusehen, wie sein Freund. . . »Bitte. . .«, sagte Etrec und hob die Arme.

Alan bückte sich und deutete auf seine Schultern. »Du brauchst nur raufzuklettern, dann spielen wir Hoppereiter«, sagte er.

Das tat Etrec, und Alan drehte sich um. Pasc hatte das Skalpell hinter seinem Rücken versteckt und brachte sein Gesicht wieder in unverdächtige Falten. Alan war zwar verblüfft, als er ihn sah, doch er lächelte ihn freundlich an.

»Wir wollen eben einen Happen essen. Magst du mitgehen?« fragte er.

Pasc schüttelte den Kopf. Er wagte es nicht, zu sprechen, denn in seiner Brust spürte er einen Knoten der Spannung, und die Hitze unter der Stirnbandage meldete sich wieder. Er schaute Alan nach, der Etrec aus dem Raum trug, und sein Sohn sah ihn einen Augenblick lang an. Dann war er allein. In seinem Ärmel fühlte er das tödliche Skalpell.

VII

Auf dem Schirm des Lazaretts zeigten sich klar und scharf die Blutzellen in einer vieltausendfachen Vergrößerung. Helena und Dr. Vincent konnten jede Kleinigkeit deutlich erkennen. Helena wußte auf den ersten Blick, daß es sich nicht um menschliches Blut handelte, da gewisse Zellstrukturen wesentliche Unterschiede aufwiesen. Sie wußte jedoch nicht, wie sich diese Unterschiede auf den Organismus, von dem dieses Blut stammte, auswirken mußten. Im Moment interessierte sie auch viel mehr ein sternförmiges Gebilde im Zellkern, von dessen Spitzen fühlerähnliche Fortsätze ausgingen.

»Was meinst du?« fragte Dr. Vincent.

»Es ist zwar archanonisches Blut, aber ich bin sicher, daß dies ein Virus ist. Schau mal, hier diese unklare Fühlerspitze. . . Dieses Virus scheint noch lebendig zu sein. Prüfen wir einmal Etrecs Blut nach.« Das Bild auf dem Schirm veränderte sich, war aber dem ersten ziemlich ähnlich. Diesmal war aber das vorher sternförmige Gebilde kugelig und hatte statt Spitzen nur vage Andeutungen davon.

»Sonst ist es das gleiche Virus wie bei Pasc, nur sind die Spitzen nicht ausgebildet, und die Fühler sind kaum angedeutet.«

»Könnte das ein totes Virus sein?« fragte Dr. Vincent.

»Latent. Das wissen wir aber nicht sicher, ehe wir es isoliert und ein paar Tests damit gemacht haben.« Sie schaltete den Schirm ab. »Wir holen beide wohl besser herein.«

Tony und die Techniker kamen mit dieser Energiezelle nicht weiter. Stundenlang hatten sie schon daran herumgerätselt, und noch immer war sie nicht mehr als ein kleines schwarzes Kästchen mit Zeigern und Knöpfen. Der Computer konnte die paar Symbole nicht entziffernd mit der Begründung, darüber habe er keine Informationen. Und sie hatten darüber hinaus nicht die geringste Ahnung, wie sie das Ding öffnen könnten, um hineinzuschauen.

Als Alan und Etrec ankamen, zuckte Tony die Achseln und gab einen völligen Mißerfolg zu. »Pasc ist unterwegs, wir müssen auf ihn warten«, sagte er.

»Und was ist mit dir, Kumpel?« fragte Alan den kleinen Etrec. »Hast du die Kombination zum Safe?«

Etrec begriff die Frage und schüttelte den Kopf. »So weit bin ich in meinem Studium in der Mechanik der Energieträger noch nicht gekommen. Ich war erst bei der Analyse der Wellenpartikel.«

Die Techniker drehten sich um, weil sie ihr Lächeln verbergen wollten, doch sie waren beeindruckt. Die Tür ging gerade auf, und Pasc kam herein. Seine Miene wirkte gelangweilt.

»Vater müßte es aber wissen«, bemerkte Etrec hilfreich.

Pasc hob die Brauen und zuckte die Achseln. »Im ganzen Universum ist es ja immer so. In den Augen des Sohnes ist der Vater eine unerschöpfliche Quelle des Wissens. In diesem Fall, wie in allen anderen, ist das Vertrauen jedoch nicht ganz gerechtfertigt.«

Etrec legte die Stirn in Falten. »Aber du weißt doch alles über. . .«

»Als Kommandant dieser Expedition war ich eigentlich nur Koordinator. Ich hatte für all diese Sachen meine Spezialisten.« Pasc wandte sich zum Gehen.

»Du kannst uns doch sicher zeigen, wie das Ding hier aufgeht und arbeitet«, sagte Tony schnell.

Pasc zögerte. Er schien nach einer Ausrede zu suchen, aber

so schnell fiel ihm keine ein. Er trat zum Tisch mit dem schwarzen Kästchen und legte seine Hände an zwei Seiten. Vorsichtig drückte er, eine Seite schnappte auf, so daß man hineinschauen konnte.

Alle drängten sich heran. Pasc griff hinein. Er brachte ein nußähnliches Gebilde aus Kristallen und Drähten heraus, doch er ließ es sofort aus der Hand fallen.

»Ich weiß, was es ist«, rief Etrec. »Das ist ein Monitortransmitter.«

Pasc unterbrach ihn. »Beim Planetenfall eingesetzt. Um die Einheit und das Team aufzufinden, das es benützte.«

Tony musterte den winzigen Mechanismus. »Ja. Wir haben auch solche Geräte. . . aber die sehen ganz anders aus.« Seine Stimme klang ziemlich mißtrauisch. »Komisch, daß es da drin blieb. . . Sie wollten wohl einmal zurückkommen. Wie steht es mit der Reichweite?«

»Ich bin ganz sicher, daß sie nicht wieder zurückkommen wollten«, erklärte Pasc brüsk, um Tonys Mißtrauen zu zerstreuen. »Es war nur ein Standardbestandteil der Einheit. Die Reichweite. . . Nun ja, wie sie eben gebraucht wurde.«

Pasc war erleichtert, als Tonys Commlock zu piepen begann. Er schaltete den Miniaturschirm ein und sah Helena. »Verdeschi«, meldete er sich.

»Sind Pasc und Etrec bei euch, Tony?« fragte sie.

»Ja.«

»Bitte, schick sie sofort zum Lazarett. Sofort, bitte. Es ist sehr wichtig.«

Tony zögerte, sie gehen zu lassen. Pasc sagte, wie sie alle wußten, nicht die Wahrheit, aber ein paar sorgfältig gestellte Fragen mochten den Grund dafür enthüllen. Außerdem war noch etwas in dem Kästchen, und sogar Etrec würde etwas darüber wissen.

Aber Pasc drängte nun plötzlich zum Gehen und zog Etrec mit sich. »Wenn die Doktorin sagt, es sei wichtig, dann müssen wir wohl gehen«, bemerkte er.

Als er dann das Labor verlassen hatte und niemand in Sicht war, zerrte Pasc seinen Sohn eiligst mit sich.

»Aber Pasc, das ist doch nicht der richtige Weg«, protestierte Etrec.

»Wir gehen auch nicht zum Lazarett, sondern dorthin.« Er lief noch schneller. »Dieser Monitortransmitter ist auf die Frequenz von Archanon eingestellt. Und auf Archanon wissen sie, daß wir frei sind.«

»Dann werden sie kommen und uns holen?« fragte Etrec furchtsam.

»Aber wir werden nicht da sein«, antwortete Pasc wütend. »Wir werden einen von diesen Eagles nehmen und fliehen. Irgendwohin, wo wir uns in Ruhe niederlassen können.«

Alan kehrte zum Tisch zurück, auf dem das merkwürdige Kästchen in einem Punktlichtkegel stand. Andy ging darum herum, damit er es nicht berühren mußte, es aber doch von der anderen Seite her sehen konnte. Seit er zufällig die Oberseite geöffnet hatte, wollte er kein Risiko einer Beschädigung eingehen.

In dem Kästchen konnte er ein streichholzschachtelgroßes undurchsichtiges Oval erkennen, darunter eine Reihe glänzender Metallstäbchen, die in Vertikallöchern steckten. Vorsichtig zog er eines davon heraus, um es genauer anzusehen.

Andy kratzte sich den Kopf. »Weshalb meinst du, das könnte ein Aufzeichnungsgerät sein? Vom Elektroschreibstift bis zur Briefwaage ist das doch alles möglich.«

»Das ist aber... nun ja... dieses kleine Ding hier... es könnte ja ein Bildschirmchen sein. Nur so eine Ahnung, meine ich.«

Johnson nahm den Stab aus Alans Hand und betrachtete ihn. Das eine Ende war konkav, das andere konvex. Sonst war nichts Besonderes daran. Er versuchte das Ding wieder in das Loch zurückzustecken, doch es ging nicht ganz hinein.

Alan grinste und zog das Stäbchen wieder heraus. »Mein Freund, dir fehlt das feinere Gefühl.« Er hatte nämlich bemerkt, daß alle anderen Stäbchen das hohle Ende oben hatten, und so steckte er es nun hinein. Plötzlich leuchtete der winzige Schirm auf, und ein Miniaturbild von Pasc zeigte sich. Seine Stimme war durch einen versteckten Lautsprecher zu vernehmen.

»Vier-null-zwei-acht-zwei-sieben. Dringen in kleines Sonnensystem Sektor GL, drei-drei K ein. Dritter Planet scheint primitive Lebensformen aufzuweisen.«

»He, Alan, du hast es geschafft!« rief Andy. »Das ist ja eine Datenbank!«

Schritte näherten sich dem Labor. Sie lenkten sie ab. Carson, einer der Männer von der Sicherheit, kam herein, und Pasc und Etrec folgten ihm.

»Ist Mr. Verdeschi noch da?« fragte Carson. »Ich habe unsere Freunde gefunden. Sie haben sich verirrt. Sie liefen in der Nähe der Eagle-Hangars herum.«

Johnson kam herbeigelaufen. »Mr. Pasc!« schrie er. »Ich bin froh, daß du da bist. Schau dir mal das an!«

»Dr. Russell braucht die beiden aber«, wandte Carson ein.

Alan winkte ab. »Wir bringen sie schon hinüber. Carson, du kannst dich jetzt wieder verziehen.«

»Ist mir schon recht. Meine Füße tun mir vom Herumlaufen sowieso schon weh.« Er winkte und ging weg.

Sehr vorsichtig ging Pasc ins Labor und zum Tisch, auf dem das Kästchen stand. »Was soll ich mir da ansehen?« fragte er Andy.

»Das. . .« Andy schob ihm das Kästchen zu und griff aus, um das Stäbchen wieder hineinzudrücken. »Wir spielen es noch einmal ab.«

Der Schlag kam ganz überraschend, landete auf seinem Hinterkopf und knallte sein Gesicht auf den Tisch. Lichter explodierten, kalte Schwärze hüllte ihn ein, dann brach er zusammen. Er schlug heftig mit dem Schädel auf.

Alan wußte nicht, weshalb Pasc das getan hatte, doch er reagierte sehr schnell. Aber Pasc war bereit und packte ihn mit beiden Händen an der Kehle. Sie rangen miteinander, stießen Stühle um und krachten gegen eine Wand.

Alan fühlte, wie sein Bewußtsein schwand. Die Augen quollen ihm aus dem Kopf, und in seinen Ohren dröhnte es. Etrec schrie schrill, Pasc solle sofort aufhören. Verzweifelt packte er nach Pascs Kopf und riß ihm die Bandage ab. Darunter kam das brennendrote schreckliche Flammenzeichen zum Vorschein.

Alan wandte alle Kraft der Verzweiflung auf und entwand sich dem Griff des Archanonen. Taumelnd fiel er an die Kommunikationskonsole. Er drückte den Alarmknopf, aber als er sich wieder umdrehte, stieß ihm Pasc die Faust gegen die Brust. Atemlos und noch immer eingehüllt in einen orangefarbenen Nebel halber Bewußtlosigkeit von der Strangulierung konnte Alan kaum die Arme zu seinem Schutz an den Kopf heben.

Etrec klammerte sich verzweifelt an seinen Vater und versuchte ihn an weiteren Faustschlägen zu hindern, doch er war nicht kräftig genug. Pasc ließ seine hocherhobene Faust mit aller Wucht auf Alans Kopf krachen. Der Australier brach zusammen wie von einer Axt gefällt.

»Du hast ihn getötet!« schrie Etrec.

Die Alarmsirenen begannen zu jaulen. Das Labor hatte mit dem Notsignal den Alarm im Kontrollzentrum ausgelöst. Pasc schaute sich in panischer Angst um. Überall lauerte Gefahr für ihn. Das schreckliche Emblem auf seiner Stirn war grellrot.

VIII

Als Tony und etliche Posten von der Sicherheit zum Labor Drei kamen, war außer dem bewußtlosen Alan und Andy niemand da. In der ganzen Basis gellten die Sirenen, die selbst einen Toten hätten aufwecken müssen. Alan wurde bald von einer starken Hand kräftig geschüttelt.

»Was ist denn passiert?« fragte Tony.

Alan versuchte sich zu räuspern, um sprechen zu können, doch das ging nicht sonderlich gut. Selbst das Atmen fiel ihm schwer. Sein Kopf schmerzte entsetzlich. Da erinnerte er sich. Er schaute sich um und sah, daß die Archanonen gegangen waren, doch Andy lag noch neben dem Tisch. Ein Mann von der Sicherheit stand gerade auf. Seine Hand war blutig, und unter Andys Kopf breitete sich eine dunkelrote Pfütze aus.

»Andy?« Alan quälte sich die Frage ab. Der Mann von der Sicherheit schüttelte den Kopf. »Er ist tot, Mr. Carter.«

»Das war Pasc«, sagte Alan zu Tony. »Er hat uns beide zusammengeschlagen.«

Tony schaltete seinen Kammunischalter ein. »Verdeschi an Lazarett!«

Helena empfing die Meldung und bestätigte sie.

»Unglücksfall in Lab Drei, schnell, Doktor!« rief er. Helena antwortete, sie sei schon unterwegs, und Tony rief die Abteilung Sicherheit an. »Verdeschi an Sicherheit, großer Alarm! Den Fremden namens Pasc suchen. Er ist außerordentlich gefährlich. Äußerste Vorsicht nötig, aber fangt ihn!«

Auch die Sicherheitsdienstler im Labor schickte Tony auf Suche nach Pasc, und dann half er Alan auf die Füße zu kommen. Als das Karussell in seinem Kopf zur Ruhe gekommen war, zeigte er Tony, was Andy in dem schwarzen Kästchen entdeckt hatte und beschrieb, wie Pasc angriff. Dann schilderte er auch das brennendrote Symbol auf Pascs Stirn, das unter der Bandage verborgen gewesen war.

Tony hatte natürlich nicht die geringste Ahnung, was dieses Symbol bedeuten konnte, spürte aber, daß schon von der Beschreibung eine starke Drohung ausging. Er wäre gern mit auf die Suche nach Pasc gegangen, doch Tony riet ihm, lieber auf Helena zu warten, damit er untersucht werde.

»Er wird kaum bluten«, sagte er. »Der Junge ist bei ihm. Aber ich komme mit dir.«

Sie gingen den Korridor entlang, der zum Tunnel führte, den Helena benutzen mußte, wenn sie direkt vom Lazarett käme. Eigentlich mußte sie ja schon da sein. Doch als sie um eine Ecke bogen, wußten sie, weshalb sie noch nicht angekommen war.

Eine total verängstigte Helena wurde von Pasc festgehalten, der eine Handwaffe auf ihren Kopf gerichtet hatte. Ein Sicherheitsdienstler stand hilflos daneben, ein anderer lag ohnmächtig auf dem Boden; das mußte der Mann sein, dem

Pasc die Waffe abgenommen hatte. Etrec stand hinter ihm. Auch er schaute den Männern verängstigt und sehr betrübt entgegen.

»Pasc!« schrie Tony ihn an.

Etrec schaute auf und sah, daß Alan mit Tony gekommen war. Sein Gesicht leuchtete auf, und ehe Pasc ihn zurückhalten konnte, lief der Junge auf Alan zu. »Cobber!« rief er. »Ich dachte schon, er hat dich getötet!«

»Etrec!« brüllte Pasc. »Du kommst sofort zu mir zurück!«

Etrec schien nicht recht zu wissen, wem er mehr Loyalität schuldete. Er tat einen zögernden Scritt auf seinen Vater zu.

Plötzlich griff Toni nach der Schulter des Jungen. Gleichzeitig zog er seine Waffe und hob sie an Etrecs Kopf. »Laß die Frau los«, herrschte er Pasc an, »oder ich töte den Jungen.«

Im Raum herrschte spannungsgeladenes Schweigen. Alan gefielen Tonys Worte nicht recht, und er griff nach Etrecs Arm, um ihn zu beruhigen. Pasc sah die Geste und lachte. Es war ein sehr grausames Lachen.

»Das kannst du ja doch nicht tun«, spottete er. »Aber ich kann es. Und ich werde es auch tun, wenn du ihn nicht losläßt.«

Pascs Augen schillerten wahnsinnig. Tony sah, wie sich die Finger des Archanonen um den Griff der Waffe klammerten, und er stellte sogar fest, daß sie auf den tödlichen Laserstrahl eingestellt war, nicht auf den Stunner. Er ließ also Etrec los.

Pasc lachte höhnisch. »Jetzt hört mir zu. Wir nehmen eine von den Eagles. Eure Männer sollen die Flugzone räumen, aber eine Eagle für uns bereitstellen.«

Zögernd gab Tony den Befehl über Commlock. Als er bestätigt wurde, nickte er Pasc zu.

»Etrec«, sagte Pasc, ließ aber Helene nicht los, »du gehst voran.«

Etrec setzte sich mit hängendem Kopf in Marsch. Dann blieb er stehen und schaute zu Alan Carter um. »Nein, Pasc«, erklärte er ruhig, »ich gehe nicht.«

»Du kannst aber nicht bleiben«, herrschte ihn Pasc an.

»Jetzt sind sie deine Freunde, aber bald werden sie dich töten – ihrer eigenen Sicherheit wegen.«

»Dann muß es eben so sein. Ich gehe nicht mit.«

»Dann werde ich dich selbst töten!« röhrte Pasc und legte die Waffe auf den Jungen an. Das Symbol an seiner Stirn pulste heftig, und sein Gesicht erstarrte zu einer Maske des Hasses.

Etrec wartete ruhig auf den Schuß, doch Pasc ließ den Arm sinken. Sehr vorsichtig hob Tony seine eigene Waffe und hoffte auf eine Chance, den Archanonen zu lähmen, doch dieser hielt seine Waffe wieder an Helenas Kopf. Langsam zog er sich in den Korridor zurück und zerrte Helene mit sich. Die offenen Türen des Lufttunnels warteten.

In der Eagle zwang Pasc Helene, den Kopilotensitz einzunehmen. Einige der Mechanismen des Schiffes begriff er ohne weiteres, andere mußten ihm jedoch erklärt werden. Konnte Helena das nicht, dann dauerte es wohl ein wenig länger, doch schließlich würde er alles begreifen. Solange er eine so wertvolle Geisel hatte, war die Zeit auf seiner Seite.

Helena sah ihm mißtrauisch zu, aber ihrer Miene hätte sich auch entnehmen lassen, daß sie etwas über ihn wußte, und er behandelte sie daher grob und gemein.

»Ich hätte ihn töten sollen«, sagte er.

»Warum hast du's dann nicht getan?« fragte sie ihn. Sie wußte von vornherein, daß er eine direkte Antwort vermeiden würde.

»Er wollte bleiben. Ich wählte das Überleben.« Pasc schaute auf die Instrumente. Diese Ansammlung von Knöpfen, Schaltern, Skalen und Schirmen war ihm ein Rätsel.

»Es könnte sein, daß keiner von euch beiden überlebt, Pasc«, sagte Helena nachdrücklich.

Pasc begriff, daß sie ein Wissen über ihn andeutete. »Was läßt dich so sprechen?« fragte er.

»Ich habe in dein Gehirn geschaut, Pasc. Wir machten Bilder davon, als du unter der Wirkung von Sedativen warst. Dein und Etrecs Gehirn . . . In euren Köpfen hat sich ein seltsames Virus breitgemacht. In Etrec scheint es noch zu schlafen. Im Moment noch.« Sie holte tief Atem. »Nicht in dir, Pasc. Bei dir ist es lebendig. Es könnte tödlich sein. Deshalb wollte ich ja Blutproben von euch beiden. Ich wollte herauskriegen, was es ist.«

Pasc Stirn begann zu glühen, und in seinen Augen brannte Mordlust. Ihre Schlußfolgerung machte ihn ungeheuer wütend, auch ihr schwacher Rettungsversuch an jenen, die längst jenseits jeder Rettungsmöglichkeit waren. Seine Hand schloß sich fester um die Waffe, aber er wußte ebensogut, daß er sie als Geisel noch dringend brauchte.

»Jetzt ist genug geredet«, erklärte er. »Zeig mir, wie dieses Kommunikationsgerät arbeitet.«

In der Kommandozentrale hatte Tony die Offiziere des Sicherheitsdienstes um sich versammelt und beriet mit ihnen die einzuschlagende Taktik.

»Alle Männer tragen Schutzanzüge. Die Scharfschützen sind mit Stunnen und anästethischen Gaswaffen ausgerüstet . . .« Tony unterbrach seine Anweisungen, als Alan durch die Tür kam. Er hatte gerade Etrec in den Freizeitraum gebracht, um ihn von der Gefahrenzone wegzuhalten und von dem, was vielleicht getan werden mußte, um Helena zu retten.

»Alan!« rief Tony, »wir müssen an Bord dieses Schiffes kommen, ohne Pasc zu alamieren.« Er griff unter den Instrumententisch, um das Diagramm eines Eagle-Planes hervorzuholen. Er deutete auf verschiedene Punkte. »Durch die Ladeluke?« fragte er.

»Nein«, riet ihm Alan. »Das macht zuviel Lärm. Er wäre vorzeitig gewarnt.«

»Hmmm. Aus dem gleichen Grund können wir auch kein Loch in den Rumpf bohren. Wie wäre es mit Säure?«

»Die stärkste Säure würde auch mindestens drei Stunden brauchen, bis sie sich durch den Rumpf einer Eagle frißt.«

Sie studierten aufmerksam den Plan der Eagle, wußten aber von vornherein, daß es ziemlich überflüssig war. Alan kannte das Schiff in- und auswendig. Es gab einfach keine Möglichkeit, Pasc zu überrumpeln. Man konnte ihn höchstens bluffen, daß er sie an Bord kommen ließ oder selbst herauskam. Und wie lange sie dazu eine Möglichkeit fänden, hinge wohl in erster Linie davon ab, wie lange er brauchte, um starten zu können.

Plötzlich wurde der große Schirm lebendig und zeigte die gesamte Pilotenkanzel der Eagle. Pasc war noch ebenso wütend wie vorher, aber sie waren alle etwas erleichtert, weil Helena offensichtlich unversehrt war.

»Hier spricht Pasc . . .«, meldete sich der Archanone kalt. »Ich will Etrec gegen eure Ärztin austauschen.«

»Etrec hat gewählt«, antwortete Alan brüsk. »Er will ja nicht mit dir gehen.«

Pasc hob drohend eine Faust. »Ich habe weder Zeit noch Geduld! Bringt den Jungen her, oder ich töte diese Frau. Ich werde nicht mehr lange brauchen, bis ich die Instrumente dieses Schiffes verstehe. Nur so lange habt ihr Zeit. Dann stirbt sie.«

Ehe Pasc die Verbindung unterbrechen konnte, beugte sich Helena vorwärts und begann zu sprechen. »Tony, hol Ben Vincent! Sag ihm, er soll . . .« Dann war der Schirm tot.

Tony und Alan hatten keine Ahnung, was Vincent hätte tun sollen, doch in einer Sache sah sie klar: sie wußten, daß Helena in tödlicher Gefahr schwebte. Tony stellte daher sofort die Verbindung zum Lazarett her.

»Wir hatten eben einen Anruf von Pasc aus der Eagle, Ben. Er will, daß wir einen Handel machen und den Jungen gegen Helena austauschen.«

Dr. Vincent zweifelte offensichtlich, denn er traute diesem Angebot nicht.

»Helena wollte noch etwas sagen«, fügte Alan hinzu, »wir sollten dich um etwas bitten, aber Pasc schaltete ab. Hast du eine Ahnung, was sie wollte?«

Dr. Vincent überlegte. »Ich weiß nicht recht. Es könnte vielleicht etwas mit dem Virus zu tun haben, das wir bei Pasc fanden und das vermutlich auch der Junge mit sich herumträgt.

Wir hofften, Blutproben nehmen zu können, um Tests zu machen. Vielleicht hat Helena etwas von Pasc erfahren.«

Tony wandte sich an Alan. »Richtig«, meinte er ernst, »also liegt es jetzt bei dir. Etrec vertraut dir. Wir müssen eine Blutprobe von ihm bekommen, und dann den Austausch vornehmen. Sehr schnell aber, Alan.«

Sehr glücklich war Alan darüber nicht, aber er verstand, wie wichtig es war, Helenas Leben zu retten. Sein Leben hatte nur allzu oft in ihrer Hand gelegen, und deshalb würde er jetzt auch alles für sie tun.

Etrec befand sich allein im Freizeitraum und beschäftigte sich mit zwei dicken, weißen Tauben, die in einer Voliere am Ende des Raumes gehalten wurden. Sie gurrten ihn an, als er sie durch die Gitterstäbe beobachtete. Aber die ganze Zeit über war ihm, als griffen eiskalte Finger nach seinem Nacken und hinauf ins Gehirn.

»He, Kumpel!« rief Alan den Jungen an. »Wie geht's dir hier?«

Etrec wurde durch diesen Ruf aus einem Tagtraum gerissen. Er war verwirrt, weil er jetzt erst bemerkte, daß er eine Taube herausgenommen hatte und ziemlich fest drückte. Verlegen ließ er sie los, und der verängstigte Vogel zog hoch und beschrieb weite Kreise unter der Decke des großen Raumes. Endlich ließ er sich auf einem Gitter über der Filmleinwand nieder.

»Wir lassen sie niemals heraus«, sagte Alan freundlich, »aber es macht nichts. Wenn es Zeit zum Füttern ist, fliegt die Taube schon wieder nach Hause.«

Etrec hörte kaum, was zu ihm gesagt wurde, so sehr war er sich einer pulsenden Hitze über seinen Augen bewußt. Er schaute Alan nicht an, weil ihn Entsetzen darüber packte, was eben mit ihm geschehen war.

»Schau mal, Cobber«, redete ihm Alan sanft zu, »wir haben große Probleme und eine Entscheidung vor uns. Pasc hat uns gesagt, er will, daß du zu ihm kommst, und wenn du nicht...«

»Ich will aber nicht zu Pasc!« unterbrach ihn Etrec scharf.

»Er ist zwar mein Vater, aber ich mag ihn so nicht, wie er jetzt ist.« Er zog sich von Alan zurück und wandte sein Gesicht ab.

»Pasc hat uns aber gedroht, er will die Doktorin töten, wenn du nicht zu ihm kommst.«

Etrecs Stimme wurde nun noch schriller und zitterte vor Erregung. »Er wird sie sowieso töten! Er kann nicht anders. Keiner von uns kann anders. Wir haben die Mordkrankheit der Archanonen!«

Und nun fielen viel Einzelheiten zu einem Bild zusammen. Alan hatte das sichere Gefühl, mit noch ein paar Einzelheiten könnte das schreckliche Geheimnis enthüllt werden. »Etrec«, drängte er, »Helena wollte uns noch etwas sagen, doch Pasc ließ es nicht zu. Dr. Vincent meint, sie wollte eine Blutprobe von dir bekommen, und ihre Bitte hängt mit eurer Krankheit zusammen.«

Neben Etrec stand ein ganzes Regal mit verschiedenen Messern und Schneidegeräten für das Personal, wenn jemand im Freizeitraum essen wollte. An einem Ende des Regals stand ein Tablett mit Sägemessern, die sehr scharf geschliffen waren und spitz zuliefen. Das waren tödliche Waffen, und sie quälten die Augen des Jungen.

»Ich bin ein Archanone und kann kein Blut geben«, erklärte Etrec fast geistesabwesend.

Alan trat näher an ihn heran. »Schau mal«, bat er, »ich bin kein Arzt. Ich weiß nicht einmal, wovon sie reden. Aber das könnte schon eine sehr gute Sache sein. Es könnte dein Leben retten. Und das von Pasc . . .«

»Ein Archanone kann kein Blut geben«, erklärte Etrec entschieden. »Das ist ganz unmöglich!«

Vielleicht, meinte Alan, gehe es hier um eine religiöse oder rassische Sitte, er versuchte deshalb noch immer, den Jungen zu überreden. Aber dann wirbelte der Junge herum und knurrte wie ein Tier. In der Hand hatte er ein großes Messer, und auf seiner Stirn zeigte sich das Symbol, das mit jeder Sekunde heller brannte.

»Glaubst du, Cobber, du könntest mich töten?« fragte Alan leise.

Etrec zückte das Messer und hielt es stoßbereit über den Kopf. In Alans ruhigen Augen sah Etrec das Licht blitzen, das vom scharfen Stahl zurückgeworfen wurde. Sein Arm schmerzte nach der Bewegung . . . er wollte herabsausen, um eine Gewalttat zu verüben.

Der schreckliche Moment schien nie enden zu wollen, aber Etrec vermochte schließlich den ungeheuren Druck der Emotion nicht mehr zu ertragen. Die Bande der Freundschaft . . . der neue Zwang, einem anderen den Tod zu bringen . . . Er schrie und stieß das Messer blitzschnell nach unten.

Alan hätte nicht bestürzter sein können, wenn das Messer ihn getroffen hätte, aber so schnitt die Klinge in das Fleisch, in dem das rote Mal brannte und prallte vom Knochen darunter ab. Der Schmerz veranlaßte Etrec, das Messer aus der Hand fallen zu lassen, aber er klärte auch seine Gedanken. Die psychotische Besessenheit floh im Angesicht des Schadens, den er sich selbst zugefügt hatte, aus seinem Geist.

»Du hast nach Archanonenblut gefragt«, sagte er leise. »Jetzt hast du es.« Er brach zusammen.

Alan fing ihn auf, ehe er den Boden erreichte und stützte ihn mit einem Knie ab, während er sein Sprechgerät aus der Tasche nahm. Ben sollte wissen, daß er jetzt Etrac bringen würde, und daß er jede Menge Blutproben haben konnte. Es strömte aus der großen Wunde.

In der Kommandozentrale lief Tony nervös auf und ab. Er konnte nichts tun, denn ein paar Männer von der Sicherheit hatte er schon an den Luftschleusen der Eagle postiert. Yasko arbeitete verzweifelt nach seinen Instruktionen, um Koenig in Eagle Eins zu erreichen. Fast wollte er ihr schon sagen, sie solle den Versuch aufgeben, denn der Sturm tobe anscheinend noch immer.

»Sir«, sagte Yasko, »ich bekommen zwar ein Signal, aber . . .«

»Der Kommandant?« fragte Tony aufgeregt.

»Nein . . . ich glaube, das ist ein ganz fremdes Signal.«

Alle schauten auf den großen Schirm, als teleskopische Kameras den Raumabschnitt absuchten, aus dem die Signale kamen. Tony schaltete auf einen Kanal für Audioantwort auf der Frequenz, auf der jenes Signal kam, aber ehe er sprechen konnte, erklang eine merkwürde, fremde Stimme aus den Lautsprechern.

»Mondbasis Alpha. Mondbasis Alpha. Könnt ihr mich hören?« Es war eine Frauenstimme, und sie klang sehr sanft.

»Hier ist Mondbasis Alpha. Wer seid ihr?«

Ein fremdes Raumschiff zeigte sich auf dem Schirm; es schien sich sehr schnell zu nähern. Es war stromlinienförmig und lang, und silbergrünes Licht tanzte über den abgerundeten Rumpf. Das Bild blieb nur einen Moment sichtbar, dann kam das des Besitzers der sanften Stimme. Tony erkannte die Frau sofort als Archanonin, aber das Gesicht der Frau war so sanft und gütig, daß es überzeugte.

»Alpha, Landeerlaubnis?« bat die Dame.

»Bitte, identifiziert euch«, verlangte Tony.

»Ich bin Maurna«, antwortete die Dame leise. »Ich bin von Archanon. Wir haben eine Nachricht empfangen, daß ihr zwei Archanonen aus der Stasis befreit habt. Wir sind um eure Sicherheit besorgt.«

Tony nickte. Die Stimme war in ihrer Sanftheit sehr überzeugend. »Einer von den beiden hält jemanden aus unserem Personal als Geisel fest«, sagte er.

»Und der andere?«

»Er ist bei uns. Es scheint ihm soweit gut zu gehen. Aber wir müssen ihn dazu überreden, zum anderen zu gehen, zu Pasc. Er ist an Bord eines unserer Schiffe. Tut er es nicht, wird Pasc seine Geisel töten.«

Es rührte ihn ans Herz, wie betrübt und außerordentlich bekümmert die Dame von Archanon dreinsah. Gewalttaten und schon deren Erwähnung schienen sie sehr anzuwidern. »Du mußt uns selbst mit Pasc verhandeln lassen«, bat sie.

Tony wußte, daß er nichts zu verlieren hatte. Alan hatte sich noch nicht mit ihm in Verbindung gesetzt, und so war anzunehmen, daß er den Jungen nicht hatte überreden können, zu seinem Vater zu gehen. Die Zeit wurde allmählich knapp. »Landeerlaubnis erteilt«, sagte er kurz.

Es dauerte nur Sekunden nach dem Abbruch der Sprechverbindung mit dem Archanon-Schiff, als Tonys Gerät zu piepsen begann. Alans Gesicht drückte sehr große Besorgnis aus, als er erklärte, was im Freizeitraum vorgefallen war. Tony möge doch sofort ins Lazarett kommen. »Und noch etwas, Tony. Ich habe hier dieses schwarze Kästchen und probierte ein bißchen mit den anderen Stäbchen herum. Eines von ihnen gab alle Antworten.«

»Ich bin gleich dort«, versprach Tony, schaltete ab und lief zur Tür. »Wenn die Archanonen ankommen«, sagte er zu Yasko, »sollen sie sofort ins Lazarett gehen.«

Alan hatte den Miniaturschirm schon aufgestellt, als Tony ankam. Tony lauschte aufmerksam und sah genau zu, als Alan das Datenstäbchen eindrückte. Dann überraschte er Alan mit der Mitteilung, daß eine Archanonendelegation in Kürze zu erwarten sei.

»Pasc muß erfahren, daß wir es wissen«, drängte Alan.

Tony pflichtete ihm bei. »Aber vom Archanonen-Schiff sagst du noch nichts.«

Alan schob das Kästchen zum Kommunikationsgerät des Lazaretts und signalisierte der Eagle, daß er sprechen wolle.

Sofort erschien Pascs Gesicht auf dem Schirm. »Ah, nun seid ihr also doch zur Vernunft gekommen«, sagte er. »Habt ihr Etrec? Bringt ihn mir, und ihr könnt eure Doktorin zurückhaben.«

»Moment noch, Pasc«, sagte Alan. »Ich will dir vorher nur etwas zeigen.« Er schaltete die Datenbank des schwarzen Kästchens auf die Eagle, so daß sie alle sehen und lauschen konnten. Eine Archanonin mit traurigem Gesicht etwa in Pascs Alter begann zu sprechen.

»RO zwei-eins-eins-eins. Es ist wieder geschehen . . . das, was wir Archanonen am meisten fürchten.« Sie versuchte, den Bericht fast klinisch offiziell zu geben, doch die Bewegung in ihrer Stimme ließ sich nicht überhören. »Wir glauben diese schreckliche Pest aus unseren Genen gelöscht zu haben, doch jetzt ist sie zurückgekehrt. Pasc hat die Mordkrankheit. Lok und Kerak sind tot, absichtlich von Pasc getötet in einem Anfall unsinniger Gewalttätigkeit, die diese Krankheit in den von ihr Befallenen auslöst. Ich, Lyra, habe das Kommando übernommen. Pasc wurde überwältigt. Ich habe eine Stasiskammer vorbereiten lassen. Wir, die wir noch geblieben sind, können kein Leben nehmen, nicht einmal unter solchen Umständen. Pasc wird daher in Stasis versetzt, bis eine Heilmöglichkeit für diese Krankheit gefunden wird.« In Lyras Augen erschienen Tränen, und die liefen ihr ungehindert über die Wangen. »Wir wissen, daß die Krankheit in den Genen auf die männliche Linie übertragen wird; daher habe ich . . . keine Alternative . . . gesehen . . . als mit Pasc . . . auch meinen Sohn Etrec . . . in Stasis zu versetzen. Ich bete darum, daß er mir eines Tages verzeihen kann und mich versteht.«

Das Bild verblaßte. Pasc kam wieder auf den Schirm zurück. Sein Gesicht war eine Maske des Grams und der Sorge. »Jetzt wißt ihr es also«, sagte er. »Wo ist Etrec? Ich möchte ihn sehen.«

Alan schaltete um, daß Pasc auch Etrec sehen konnte, der ohne Bewußtsein auf einem Lazarettbett lag. Sein Gesicht war sehr blaß, sein Atem ging schwach und unregelmäßig.

»Was habt ihr ihm angetan?« schrie Pasc.

»Nichts«, erklärte Alan. »Er gab uns sein Blut.«

»Ihr habt Etrecs Blut genommen?« rief Pasc entsetzt.

»Er gab es selbst, Pasc. Aus freiem Willen. Wir haben es überprüft und festgestellt, daß dieses Virus abgetötet werden kann. Wir können ein Serum entwickeln, wenn . . .«

»Was ist mit Etrec geschehen?« rief Helena dazwischen.

»Dr. Vincent sagt, es sei sehr ausgefallen. Etrec scheint das verlorene Blut nicht ersetzen zu können.«

»Es ist vorüber«, sagte Pasc leise. »Er wird sterben. Nichts ist mehr geblieben . . .«

Die Verbindung wurde abgebrochen.

Helena beobachtete Pasc ziemlich nervös. Die Nachricht, daß Etrec sein Blut gegeben hatte, schien ihn gebrochen zu haben. Was würde er jetzt tun? Er schien ihre Anwesenheit vergessen zu haben.

Ohne sie anzusehen sagte er leise: »Ich habe Etrec verloren. Du kannst gehen.«

»Pasc, hör mir zu . . .« Sie berührte seinen Arm. »Etrec muß ja gar nicht sterben. Du kannst ihm eine Bluttransfusion geben.«

»Mein Blut? Mit dem aktiven Virus?«

»Ja! Wir werden aus deinem Blut ein Serum herstellen, das ihn heilt, und gleichzeitig kannst du das Blut ersetzen, das er verloren hat. Wenn du willst, kannst du ihn retten.«

Sein Arm unter ihrer Hand versteifte sich. »Ich rette kein Leben, ich nehme es.«

»Nein, Pasc. Nicht das deines Sohnes. Das hättest du vorher nicht tun können. Jetzt kannst du es erst recht nicht.«

»Nein . . .« Pasc schüttelte den Kopf. »Ich muß Leben nehmen!«

Für Etrecs Leben war die Zeit kostbar. Helena versuchte die Tatsache zu vergessen, daß ihr eigenes Leben an einem seidenen Faden hing, wenn sie Pasc zu einer Gewaltanwendung trieb. »Wenn du sagst, du kannst dieses Virus nicht überwinden, dann redest du dir das ein, weil du Angst hast. Du und deine Rasse, ihr habt die Krankheit durch Generationen hindurch akzeptiert, und wenn eine Rasse so etwas akzeptiert, Pasc, dann verliert sie die Kontrolle darüber, und ist sie auch noch so kultiviert. Warum willst du nicht dagegen kämpfen? Du kannst die Krankheit heilen. Gib dein Blut für ein Serum und beweise, daß du die Krankheit nicht als unausweichlich akzeptierst.«

Pasc begrub sein Gesicht in den Händen und stöhnte herzzerbrechend. »Es ist zu spät! Ich sage dir, es ist zu spät, er ist nicht zu retten!«

»Feigling!« schrie ihn Helena an.

Pasc stieß heftig ihre Hand weg und sah sie wütend an. Helena hielt seinem Blick stand. Ihre Augen forderten ihn heraus. »Na schön«, sagte er schließlich mit steinernem Gesicht. »Gehen wir also.«

Als Yasko die Mitteilung durchgab, daß das Schiff der Archanonen gelandet war, lief Tony nervös im Lazarett herum. Etrec und Pasc lagen nebeneinander auf Behandlungstischen, und Dr. Vincent hatte dem Jungen eben das letzte in aller Eile bereitete Serum eingespritzt.

Helena nahm eine winzige Blutprobe vom Jungen und strich es auf eine Trägerplatte für das Computermikroskop. Es war ganz deutlich zu sehen, daß das Virus im Zellkern noch weiter geschrumpft war und bald ganz verschwinden würde. Dr. Vincent nickte zufrieden.

»Es geht«, bestätigte er. »Das Virus wird vernichtet.« Er überwachte auf dem Schirm Etrecs sonstige Lebensfunktionen. »Der Junge erholt sich recht gut. Herz und Blutdruck werden ständig besser.«

Helena überprüfte noch selbst die Daten und stellte die Transfusionspumpe ab. Etrec ging es recht gut, doch Pasc machte ihr Sorgen. Bei ihm ließen die Funktionen ständig nach.

»Pasc geht es nicht gut«, sagte sie zu Dr. Vincent. »Stimulieren.«

Pasc öffnete die Augen und lächelte angestrengt. »Zeitverschwendung«, murmelte er. »Das Herz kann nicht pumpen, was nicht da ist . . . Wie geht es meinem Sohn?«

»Das Virus ist vernichtet. Er ist wieder ein richtiger Archanone, ein Friedensbringer.«

Pasc lächelte glücklich, und es war das erste richtige Lächeln, an das Helena sich bei ihm erinnern konnte. »Gut. Gut. Lyra wird glücklich sein.«

»Spar jetzt deine Kraft«, riet ihm Helena. »In ein paar Tagen können wir die Wirkung des Serums verstärken, und dann behandeln wir dich.«

Pasc schloß die Augen. »Nein, das wird nicht nötig sein.«

Etrec atmete nun tief durch. Er schlief noch, aber er sah jetzt viel besser aus. Die Tür glitt lautlos auf, und Maurna kam herein. Zwei Archanonmänner folgten ihr. Verstört musterte sie die Szene.

Pasc spürte, daß sich etwas im Raum verändert hatte und

schlug die Augen auf. Durch einen Nebel sah er Maurna neben seinem Bett stehen. »Lyra?« fragte er hoffnungsvoll.

»Nein, Pasc«, antwortete sie leise und sehr sanft, »Lyra ist seit tausend Jahren tot. Ich bin Maurna . . . aus Lyras Linie.«

»Friede sei mit dir, Maurna. Ich übergebe deiner Fürsorge deinen Verwandten Etrec. Nimm ihn mit zurück nach Archanon.«

»Du weißt, daß ich das nicht kann, Pasc. Für die Krankheit ist auf Archanon kein Platz.«

Helena trat näher und sprach so, daß Pasc sie hören konnte. »Etrec hat diese Krankheit nicht mehr. Wir bereiteten ein Serum aus dem Blut von Pasc.«

Maurna war sehr verblüfft. Auch die beiden Männer hatten es gehört und wisperten miteinander. »Freiwillig gegeben?« fragte Maurna.

»Ja, freiwillig gegeben«, bestätigte Pasc fest.

»Die Kur ist vollständig, das kann ich euch versichern«, sagte Helena.

Maurna glaubte ihr. »Wir auf Archanon kennen den Prozeß.«

»Du meinst, ihr hättet Pasc kurieren können und habt es nicht getan?«

Die Ärztin schien nicht ganz zu verstehen, was geschehen war. »Wir wußten von dieser Kur«, erklärte sie, »doch wir konnten sie nicht anwenden. Die Archanonen haben nicht die nötigen Enzyme in ihrem Blut, die das ersetzen könnten, was sie verlieren. Keiner von uns könnte eine für eine Transfusion nötige Blutmenge abgeben und weiterleben.«

Jetzt war Helena einiges klar. Sie wußte nun, daß Pasc starb und nicht zu retten war. Der Puls war schon wesentlich schwächer geworden.

»Es ist das letzte Privileg der Mordkrankheit«, sagte er schwach, »daß man sich selbst damit töten kann.« Sein Kopf rollte zur Seite, dorthin, wo Etrec friedlich auf dem anderen Bett lag. Aber seine Augen sahen ihn nicht mehr. Der Tod hatte sie gebrochen.

Maurna bedeutete den anderen Archanonen, vorzutreten.

»Wir werden Etrec nun nach Hause bringen. Auch Pasc«, sagte sie. »Und wir danken euch für das, was ihr getan habt.«

Helena nickte und wandte sich ab, um ihre Trauer zu verbergen. Maurna sah zu, als Pascs Körper eingehüllt wurde, damit er weggebracht werden konnte. Sie war froh, daß Etrec seinen Tod nicht hatte beobachten können.

»Hm ...« Alan trat neben Maurna und reichte ihr einen Fußball. Ihre Brauen hoben sich erneut. »Das ist für Etrec«, sagte er. »Er wird es schon verstehen. Sag ihm, sein Cobber wünscht ihm viel Glück.«

Maurna nahm vorsichtig den Gegenstand mit jener Verehrung, die er zu verdienen schien. »Das werde ich ihm berichten«, versprach sie.

IX

Patrick Osgood stand im Tunnel und sah in seinem weißen Overall eher einer überlebensgroßen Statue ähnlich als einem lebendigen Mann. Alles an ihm war von steinerner Härte, von einer monolithischen Starre in seiner Natur; deshalb respektierten und fürchteten ihn all jene, die mit ihm zu arbeiten hatten.

Eine ganze Gruppe stand etwa zehn Meter von Osgood entfernt ebenfalls im Tunnel. Hier unten gab es nur eine Notbeleuchtung, denn dies war das tiefste von Menschenhand geschaffene Tunnelsystem unter der Mondbasis Alpha. Sie hatten an ihren Helmen kleine Leuchten, und so überprüften sie ihre Position auf einer Karte.

Einige der Geologen führten ein paar Gruppen von Minenarbeitern weiter in den Berg hinein, wo sie in den natürlichen Mondhöhlen nach dem kostbaren Tiranium suchen sollten. Osgood hatte man gewählt, daß er die ganze Gruppe nach unten führen sollte. Man wußte, je näher man dem Mittelpunkt des Mondes kam, desto wahrscheinlicher war es, eine Ader des kostbaren Elements zu finden.

Die meisten der bereits erforschten Tunnels waren gebaut

worden, um später einmal eine wesentlich vergrößerte Mondbasis Alpha aufzunehmen. Diese Pläne stammten aus der Zeit, da Luna noch nicht aus dem Erdorbit ausgebrochen war. Jetzt waren nur die obersten Tunnelstockwerke in Gebrauch. Auf Koenigs Befehl hin hatte man die meisten Sektionen der Mondbasis direkt unter der Oberfläche verlegt, um sie vor den Gefahren des tiefen Raumes zu schützen.

Osgood ging zu seinen Leuten zurück. Er wußte jetzt, wie er die Suche weiterführen wollte.

Sein Gesicht wirkte mit den schwarzen Brauen dunkel und düster, und der dichte Bart verstärkte diesen Eindruck noch. Schwarze Augen brannten intensiv, und seine Nase war edel geformt, wenn auch gebrochen.

»Ich brauche noch weitere Sprengsätze«, sagte er, und seine tiefe Stimme hallte durch den Tunnel. »Hier, hier und hier müssen sie eingesetzt werden.«

Einige der Männer schüttelten die Köpfe. Sie waren besorgt. Osgood schaute einen nach dem anderen an und versuchte nur mit der eigenen Festigkeit ihr Vertrauen zu gewinnen. »Ich weiß, daß wir's diesmal finden werden«, sagte er. »Ich glaube fest daran.«

Osgoods erster Assistent stellte den Plan nicht gern in Frage. Er wußte ja, welch große Bedeutung für den Mann persönlich dieses Tiranium hatte. Aber er hatte auch eine berufliche Verantwortung.

»Ist das nicht ein bißchen riskant, Chef?« meinte er vorsichtig. »Sie setzten da so viele Sprengsätze entlang dieser Linie ein . . .«

»Unser Job ist es, in diesen Katakomben Tiranium zu finden«, schnitt ihm Osgood das Wort ab.

»Aber wir haben schon das Dach geschwächt. Hier ist der Fels auch recht unsicher.«

Osgood legte dem Assistenten eine väterliche Hand auf die Schulter und drückte sie ein wenig. »Jede Felsformation auf dem und im Mond ist unsicher, mein Lieber. Wenn wir Erfolg haben wollen, müssen wir auch was riskieren. Und diesmal müssen wir Erfolg haben.«

Alle wußten, daß es keinen Sinn hatte, mit ihm zu streiten, und deshalb bereiteten sie auch die Sprengsätze vor. Osgood holte tief Atem und steckte die Karte weg. Er wußte, daß er endlich etwas bringen mußte, sonst würde man die Suche ganz aufgeben. Noch tiefer konnten sie nicht gehen, da ihnen die passende Ausrüstung fehlte.

Als die Taschen mit den radio-aktivierten Sprengköpfen fertig waren, sammelte Osgood sie ein und nahm sie über einen Arm. Damit ging er den Tunnel entlang.

»He, Chef, Sie werden doch das ganze Zeug nicht selbst rumtragen?« rief einer.

»Ja, was denn sonst?« rief er mit donnernder Stimme. »Ihr geht jetzt alle ein Stück zurück!«

»Aber Chef . . . dieses Hypernitro ist ganz gemein empfindlich«, wandte der erste Assistent ein. »Das sollten Sie nicht selbst einsetzen. Der kleinste Stoß . . .«

»Zurück, sag ich!«

Die Taschen an seinem Arm schwangen hin und her und stießen sogar zusammen, als Osgood den Tunnel entlangging. Den meisten der Männer brach der kalte Schweiß aus, als sie ihm zuschauten. Eiligst holten sie ihr Arbeitsgerät zusammen und hasteten zum Liftschacht zurück, der die Verbindung zum nächsthöheren Tunnel darstellte.

»Der Chef ist nicht mehr wie früher«, bemerkte einer der Männer.

»Wenn deine Frau im Sterben liegt«, fauchte ihn der erste Assistent an, »dann wärst du auch nicht mehr so wie früher.«

Osgood war überzeugt, das Richtige zu tun. Bisher waren sie zu vorsichtig gewesen, und die Sprengladungen hatte man viel zu schwach gewählt. Mit den Explosivstoffen, die er herumtrug, würde man endlich weiterkommen.

Sein Glaube war eine lodernde Flamme. Osgood war so in seine Überzeugung versunken, daß er um ein Haar in das Tunnelende geknallt wäre. Der Strahl seiner Helmlampe kämpfte vergeblich gegen die Finsternis. Er konnte gerade noch die Narben im Fels feststellen, die aus früheren Sprengungen stammten.

Die neuen Sprengsätze setzte er immer zwischen die Spuren der alten und vor allem zwischen die, welche schon eingesetzt waren. Die Sprengung würde den Tunnel in nördlicher Richtung etwa zwanzig Meter weit verschütten, aber die seismographischen Daten ergaben, daß gerade dort einige Tiraniumlager sein müßten.

Für ihn war ein Fund von besonderer Bedeutung. Verzweifelt dachte er an seine Frau, deren Leben ganz von ihm abhing. Er mußte diesmal also Erfolg haben.

Er hatte nur noch eine einzige Tasche, als er zum Ausgangspunkt zurückkehrte. Er zog die Schultern ein und streifte doch das Tunneldach. Auch wenn er sich nicht so voll auf seine Überlegungen konzentriert hätte, wäre der Strahl seiner Helmlampe kaum ausreichend gewesen, um dieses Felsstück zu bemerken, das in seinem Weg lag.

Sein Tempo war zu groß, und als er an den Stein stieß und ihn unter seinem Stiefel wegrollen spürte, wußte er, daß nichts ihn vor einem Sturz bewahren konnte. Die Tasche mit dem empfindlichen Hypernitro hatte er noch in der Armbeuge und wenn die . . . Nein, nicht daran denken . . . Mitten im Sturz wirbelte er mit aller Kraft herum. Dann hatte er die Tasche sicher vor seiner Brust, und er landete auf dem Rücken. Es tat ungeheuer weh, als sich der große, spitze Stein in seinen Rücken bohrte.

Er verfluchte seine eigene Unachtsamkeit. Allmählich ließ der Schmerz in seinem Rücken nach, und sein Herzschlag verlangsamte sich etwas. Aber da vernahm er unter sich ein surrendes Geräusch. Erst rätselte er an dessen Bedeutung herum, dann wurde ihm klar, daß er noch den Fernsteuerungs-Detonationstransmitter bei sich hatte, genau in der Gesäßtasche, und da war er beim Sturz ausgelöst worden.

Seine Eingeweide schienen plötzlich mit Eis gefüllt zu sein. Wenn die Tasche, die er noch immer an die Brust drückte, dann losging, wurde er in Millionen Fetzen zerrissen. Aber Osgood war zum Glück ein sehr mutiger Mann. Das heißt nicht, daß er weniger Angst fühlte als sonst einer, aber diese Angst hinderte ihn nicht daran, das zu tun, was nötig war.

Die Sprengungen setzten schon ein. Die am weitesten entfernten Ladungen gingen zuerst los, den Schluß bildete dann die Tasche, die er an sich drückte. Der Unterschied betrug aber nur wenige Sekunden. Immer näher rannten die Sprengungen heran, als sei ein Riese unterwegs im Tunnel, und jeder Schritt war ein dumpfer Knall.

Osgood legte vorsichtig die Tasche ab und kämpfte sich hoch. Unter ihm tanzte der Boden. Mit eingezogenem Kopf und schwingenden Armen rannte er wie im Endspurt eines Hundertmeterlaufes. Die Sprengungen wurden immer lauter, dröhnten immer gefährlicher. Endlich war der ganze Tunnel mit Licht gefüllt. Er flog und segelte wie ein Vogel die Lichtsäule entlang.

Der Lichtkreis vor ihm verdunkelte sich und wurde zur milchigen Scheibe. Schatten kamen und verdichteten sich. Langsam schwebte er . . . schwebte . . . der Mondoberfläche entgegen. Die Mare und Krater unter ihm schimmerten silbern.

Seine Füße berührten die Oberfläche ganz weich. Seine Schuhe rutschten ein wenig durch den Mondstaub, und etwa hundert Meter weiter sah er ein großes, uraltes und altmodisches Messingbett. Auf einem Blumenlaken lag seine Frau Michelle.

Osgood lief weiter. Wie glücklich war er doch, daß er bei seiner Frau sein konnte! Aber er hatte erst vier Schritte getan, als sich über ihm der Himmel öffnete. Er sah ein riesiges Flammengewebe, einen großen feurigen Dornbusch, der auf den Mond herabfiel.

Jetzt rannte er, schrie dazu den Namen seiner Frau, und seine Füße quälten sich durch den lockeren Staub. Wie Vipern zischten die Flammen, als sie auf den Boden fielen. Auf der einen Seite sah er einige Oberflächenbauten der Mondbasis, und als ein großer Feuerknoten die traf, brach dort die Hölle los.

Auch das Bett war jetzt von den Flammen umgeben. Michelle lag noch immer ruhig mit geschlossenen Augen da.

»Michelle!« schrie er gellend.

Diesmal hörte sie ihn und setzte sich auf. Ihr langes schimmerndes Haar fiel um ihre Schultern, und ihre großen, sanften Rehaugen blickten ihm ängstlich entgegen.

»Patrick! Oh Patrick, bist du's?«

»Ja, Michelle! Steh auf und komm zu mir! Ich kann uns retten!«

Michelle fiel hilflos zurück auf das Bett. Kleine Feuerfinger rupften an den Laken und nestelten an den Spitzen ihres weißen Nachthemdes. »Ich habe nicht genug Glauben!« schrie sie verzweifelt.

»Der meine reicht für uns beide!« brüllte Osgood und stürzte sich in das heulende Flammenmeer.

Die Gruppe eins war die erste, die Osgood erreichte, als sie sich durch den Bergsturz gekämpft hatten. Er hatte unglaubliches Glück gehabt, denn ein langer Felssplitter war schräg über seinen Körper gefallen und hatte den ganzen übrigen Schutt abgefangen.

Der Mann, der ihn fand, rollte Osgood herum und stellte fest, daß er noch atmete. Sein Gesicht war sehr zerschunden, und ein Blutfaden sickerte aus seinem Mund. Ein anderer reichte ihm die Erste-Hilfe-Tasche, aber da machte Osgood die Augen auf.

»Still liegen bleiben«, mahnte ihn der Assistent und ging im Geist das Textbuch über Knochenbrüche, innere Verletzungen und Schock durch.

Osgood setzte sich aber langsam auf. »Wie lange war ich weg?« wollte er wissen.

»Nur ein paar Minuten.«

Osgood starrte in die Dunkelheit, als hoffe er dort etwas anderes zu sehen als die schwarze Leere eines frisch gesprengten Tunnels. »Ich hab's aber wieder gesehen«, sagte er.

»Was gesehen?«

Osgood schüttelte den Kopf, um seine Gedanken zu klären. »Ach, egal. Habt ihr schon nach Tiranium gesucht?«

Der Assistent griff in seine Gürteltasche und nahm einen Minigeigerzähler heraus. Er schaltete ihn an und hielt ihn in die Dunkelheit. Ein schwaches Summen bewies, daß nichts anderes da war als nutzloser Fels.

Das wußte Osgood sowieso. »Dann finden wir's nie!« bellte er und quälte sich auf die Füße. »Komm, wir gehen zurück und nach oben.«

Michelle Osgood lag ruhig im Bett und sah in das blasse Licht, das durch die Wand des Lazarett-Behandlungsraumes kam. Es war sorgfältig getestet und sollte eine beruhigende Wirkung haben. Sie fand es deprimierend und langweilig, denn sie sehnte sich nach hellem Licht und der Aufregung des Lebens. Es war nicht schön, so langsam zu sterben.

Helena vermochte fast die Gedanken ihrer hübschen jungen Patientin zu lesen, als sie die Instrumente auf dem Tisch am Fußende des Bettes auspackte. »Heute nachmittag testen wir für Sie ein neues Herz«, sagte sie. »Es besteht immer Hoffnung.«

»Natürlich, Doktor«, antwortete Michelle ohne jede Begeisterung.

Erfreulich für Helena war es dann aber, als das Gesicht des Mädchens aufleuchtete, denn von jenseits der Tür war die tiefe, sonore Stimme ihres Mannes zu vernehmen. Er fragte die diensthabende Pflegerin, ob er seine Frau besuchen könne. Helena wußte, daß Michelle fast ausschließlich von der Freude lebte, ihn zu sehen. Sie als Ärztin machte sich aber jedesmal noch mehr Sorgen über Osgoods Geisteszustand.

Wie ein riesiger, düsterer Bär kam er durch die Tür. Helena trat ihm entgegen. Sie wollte ihn warnen, er solle vorsichtig sein und seine Frau in keiner Weise aufregen. Aber er sprach zuerst.

»Doktor, ich will mit meiner Frau allein sein.«

Da erst stellte sie fest, daß sein Gesicht zerschunden war und im Bart an seinem Kinn geronnenes Blut hing. Sie tastete vorsichtig danach.

»Das ist nichts«, knurrte er. »Nur ein kleiner Einbruch im Tunnel. Bitte, lassen Sie uns jetzt allein.«

Helena wußte, daß sie nicht viel Schaden anrichten konnte, wenn sie ging, und außerdem mußte das neue Herz getestet werden. Osgood wartete, bis sie gegangen war, dann beugte er sich über seine Frau. Er öffnete seine zerschundenen Lippen zu einem Lächeln und beruhigte damit ihre Besorgnis.

»Michelle«, sagte er ernst, »du mußt mir jetzt zuhören. Ich habe . . . eine Erleuchtung gehabt. Ich habe die Zukunft für uns alle gesehen.«

»Patrick?« fragte Michelle bestürzt.

»Ich sah einen Feuersturm . . . und die Basis Alpha war zerstört.« Er hielt sie so fest, daß sie nicht einmal den Kopf schütteln konnte. »Oh, ich habe alles gesehen. Nur wir können gerettet werden. Wenn du den Glauben hast . . . wenn du an mich glauben kannst . . . kann ich dich retten!«

Sie wußte nicht recht, ob es ein Schrei des Glaubens, der Liebe oder der Sehnsucht nach dem Leben war, aber sie rief verzweifelt: »Patrick! Ja, Patrick, ja!«

So ging es in der Kommandozentrale sonst nicht zu. Die übliche präzise Routine war dahin, die sonst so ordentlichen Uniformen, die des einfachen Schnittes wegen leicht zu pflegen waren, sahen verwahrlost aus, die Leute lehnten übermüdet und lustlos über ihren Arbeitstischen, und allen drohten die Augen zuzufallen. Ein Gang quer durch den Raum war so anstrengend wie ein Marsch durch eine Wüste. Die meisten Männer hatten die Jacken ausgezogen, und was sie anbehalten mußten, war geöffnet und hing verschwitzt an ihnen herab.

John Koenig litt auch unter der Hitze, mehr noch aber unter einem Gefühl drängender Eile. Es war ein Rätsel, woher die hohen Temperaturen kamen und weshalb sie ohne Vorwarnung so schnell anstiegen. Die unteren Stockwerke waren noch relativ kühl, aber die Kommandozentrale litt unbeschreiblich.

Maya las ihm die letzten statistischen Daten vor: » . . . Oberflächentemperatur vierzig Grad Celsius und schnell ansteigend . . .«

»Haben wir schon irgendwie Fortschritte gemacht in der Feststellung der Ursache?« fragte er.

Maya schüttelte den Kopf. »Es ist irgendwo an der Front, Commander. Weiter sind wir noch nicht gekommen. Der Computer hat ausgedruckt . . .«

Den Rest nahm Koenig nicht mehr auf. Die ganze Situation machte ihm unglaubliche Sorgen. Es war auch die denkbar ungünstigste Zeit für solche Pannen, denn der Vorrat an Tiranium schmolz immer mehr und war doch so ungeheuer wichtig! In wenigen Wochen war der kritische Punkt erreicht.

Und er machte sich auch Sorgen um Helena, aber privat. Als er aus der Blauen Zone zurückkam, war sie noch intensiv mit Etrec, dem Archanonen-Jungen beschäftigt und trauerte zudem um den Tod seines Vaters. Daran gab sie sich selbst die Schuld, obwohl sie doch wußte, daß der Junge nur gerettet werden konnte, wenn der Vater sich opferte. Sie arbeitete zuviel. Jetzt schuftete sie geradezu, um wenigstens das Leben von Osgoods junger Frau zu retten. Er wußte, wenn sie nicht sehr bald eine Pause einlegten, würde sie selbst zusammenbrechen.

»Ich brauche keine Computerausdrucke, die mir sagen, daß es immer heißer wird«, knurrte Koenig, sprang auf und brachte damit den ganzen Saal zum Schweigen. »Daten brauche ich! Genaue Daten! Ich muß wissen, woher diese Hitze kommt und warum.«

»Commander, wenn wir keine Tatsachen haben, müssen wir Vermutungen anstellen«, sagte Maya ruhig.

»Dann beschafft doch Tatsachen!« Koenig drehte sich zu Tony um, der ja stellvertretender Commander war. »Tony, kannst du nicht noch ein bißchen mehr aus der Klimaanlage herausquetschen?«

Verdeschi schüttelte den Kopf. »Sie ist schon überlastet. Sie kann jeden Moment in die Luft gehen.«

»Und was empfiehlst du dann?«

Tony lächelte und warf Maya einen koboldhaften Blick aus den Augenwinkeln zu. »Nun, ich würde sagen, wir verzichten überhaupt auf Uniformvorschriften. Wir sollten es uns so gemütlich machen wie nur möglich.«

Das war eine Frechheit, aber Koenig konnte dazu nur lächeln. Doch dieser Vorschlag hatte auch eine praktische Seite. Er schaute über die Schulter und sah Bill Frazer, den großartigen Eagle-Piloten, der interessiert zuhörte.

»Na, Bill, was würdest du vorschlagen?« fragte Koenig.

»Ich? Hm . . . Nun, ich verstehe nicht, wie man eine Antwort bekommen will, wenn man nicht selbst geht und danach sucht. Aber ich bin natürlich auch nur ein Pilot und denke wie ein Pilot.«

»So schlecht ist das gar nicht«, gab Koenig lächelnd zu. »Ich würde sagen, wir zwei sollten einen Ausflug mit der Eagle machen.«

Helena studierte die Pumpenventile am künstlichen Herzen mit äußerster Konzentration. Die Testflüssigkeit bewegte sich glatt und ungehindert durch die Plastikarterien. Aber die Computertests, die Michelles Lebensfunktionen simulierten, sagten ihr, daß dieses Herz trotzdem nicht so zuverlässig war, daß es die junge Frau am Leben erhalten konnte. Der Computer gab sogar an, daß sie »im Sterben lag«, weil das von Menschenhand geschaffene Herz nicht recht funktionierte. Nähme nun Helena Michelles leidendes Herz heraus und setzte ihr dieses ein, stürbe sie wirklich.

Helena sah ihre handgeschriebene Analyse durch. Sie wußte, daß die angewandte Wissenschaft eine einfache Antwort anzubieten haben mußte. Sie tippte auf ihrer Konsole die Anforderung eines Bildes von Victor Bergmans künstlichem Herzen. Der Röntgenfilm zeigte, daß es ganz normal schlug. Dieses künstliche Herz war in sein natürliches eingesetzt. Wie schade, daß er schon so lange tot war. Hätte er nicht diesen tödlichen Unfall erlitten, würde er vermutlich heute noch leben.

Das thermographische Foto dieses Herzens wies genau die richtigen Farbschattierungen auf. Diesem Foto ließ sie die Aufnahmen ihrer eigenen Versuche folgen; auch auf dem letzten, dem zehnten Versuch, sah sie deutlich, wie leblos blaß die Herzklappen hier waren. Das war hier die wesentliche Schwäche und die Stärke beim Bergman-Herz. Dieses Herz hatte auch über den Herzklappen eine dünne Lage Tiranium gehabt. Unglücklicherweise wurde jedes Milligramm Tiranium, das gegenwärtig auf Alpha vorrätig war, dringend gebraucht, um das Lebenserhaltungssystem der Mondbasis so lange wie möglich in Gang zu halten.

Die einzige Möglichkeit war also die, einen passenden Ersatz zu finden. Dr. Vincent hatte ihr ein Teströhrchen gebracht, und das betrachtete sie nun. Es enthielt ein Silikonderivat, das vielleicht alle Probleme lösen konnte. Sie beschloß also, damit die Herzklappen zu beschichten, und dafür ließ sie sich auch sofort die Computermeinung geben. Es hatte keinen Sinn, praktische Versuche zu beginnen, ehe die grundlegenden Zweifel ausgeräumt waren; es wäre nur Zeitverschwendung gewesen.

Da kam Dr. Vincent herein, ihm folgte Patrick Osgood. Unter buschigen Brauen sah er sich angewidert im Labor um.

Helena versuchte ihn zu übersehen und reichte Dr. Vincent die Liste für den Test. Sie hatte inzwischen die Silikonschicht auf die Herzklappen aufgetragen. Osgood sah aus einiger Entfernung zu, als fürchte er, bei näherem Hinsehen von der Wissenschaft angesteckt zu werden.

»Wir sind fertig zum Test«, sagte Dr. Vincent.

Osgood schnaubte. »Ah, dann bin ich also gerade rechtzeitig gekommen, um euren Erfolg zu bezeugen.«

Helena überhörte den Sarkasmus. »Wir versuchen ja eben«, sagte sie.

»Offensichtlich. Ich glaube nur an andere Dinge als Sie.« Osgoods Gesicht verdunkelte sich, Sturmwolken zogen auf. »Ich habe ein genaues Wissen dessen, was werden wird. Und was nicht werden wird.«

Helena überlief eiskalt eine dunkle Ahnung, doch sie schüttelte sie ab und machte sich wieder an ihren Test. Die Zeiger zuckten und Lichter blinkten, als das mechanische Kreislaufsystem zu pumpen begann. Das silbrige Herz schlug regelmäßig und kräftig. Der Monitor piepte absolut regelmäßig ein elektronisches Echo, und nach ein paar Minuten hatte Helena wieder Hoffnung.

Diesmal simulierte der Computer Leben, so daß also beim ersten Anzeichen des Aussetzens der ganze Mechanismus anhielt. Da war es mit Helenas Hoffnung wieder vorbei. Schon wieder ein Fehlschlag . . .

»Hmmmpf«, schniefte Osgood. »Das habt ihr jetzt von eurer Blasphemie. Glaubt ihr etwa, ihr Wissenschaftler habt die Gabe des ewigen Lebens zu verteilen?«

»Wir sind Michelles einzige Hoffnung!« schrie ihn Helena an und wandte sich ab, um sich selbst zu beruhigen. Natürlich wußte sie, daß Michelles Krankheit Osgood noch mehr zusetzte als ihr selbst.

»Gut, Ben«, sagte sie zu Dr. Vincent, »also wieder zurück zum Zeichenbrett. Immer wieder – bis wir Erfolg haben.«

Koenig und Frazer schickten die Eagle in einem langgezogenen Zickzackkurs über den Mond, um irgend etwas zu entdecken, eine Antwort zu finden. Sie konnten jedoch nichts ausmachen außer einer Hitzewelle, die an ihnen vorbeifloß und sich auf die Mondoberfläche senkte. Die Klimaanlage des Eagle sorgte für eine einigermaßen normale Temperatur, und darüber hinaus war das Schiff ausgezeichnet isoliert gegen die hohen Temperaturen des Wiedereintritts in die Atmosphäre.

Commander Koenig fragte in der Zentrale nach den neuesten Informationen, » . . . neue Tatsachen, neue Instrumentendaten, überhaupt Neues, Maya . . .«

Als Maya auf dem Bildschirm erschien, blinzelte Koenig, denn sie sah in einem Bikinioberteil zum Anbeißen aus. »Nichts, Commander«, meldete sie. »Die Temperatur steigt nur weiter an.«

»Und wie ist die allgemeine Stimmung?«

»Es gibt noch keinen Aufruhr. Wie steht es mit Informationen von oben her?«

Koenig schüttelte den Kopf, als sich Verdeschi in die Verbindung einschaltete. »Commander, ich glaube, wir bereiten uns darauf vor, alles nicht unbedingt nötige Personal in die tiefer gelegenen Tunnels umzuquartieren, falls die Temperatur nicht in den nächsten paar Stunden absinkt. Bei der gegenwärtigen Erwärmung kochen wir hier dann.«

»In Ordnung, Tony. In meiner Abwesenheit arrangierst du alles, was du für nötig hältst.«

Rasch schaltete sich nun Helena an, ehe Koenig abschaltete. »John«, drängte sie, »ich habe eine ganz besondere Bitte. Wir haben hier einen Fall auf Leben und Tod, und ich brauche deine Erlaubnis. Es geht um Michelle Osgood. Ich brauche ein paar Gramm Tiranium. Diese winzige Menge ist unbedingt notwendig, um ein einwandfrei arbeitendes Herz für sie herzustellen.«

Alle, die mithörten, hielten den Atem an. Koenig sah sich einer sehr schwierigen Entscheidung gegenüber.

»Helena, ein paar Gramm sind unbedingt notwendig für unser Lebenserhaltungssystem auf Alpha. Im Moment und für diesen Notfall verbrauchen wir nämlich eine Extramenge. Und es sieht so aus, als ließen sich unsere Vorräte nicht ergänzen.«

»Und Michelle Osgoods Leben läßt sich auch nicht erneuern«, sagte Helena traurig.

Während des folgenden langen Schweigens debattierte Koenig mit sich selbst. »Unter normalen Verhältnissen würde ich das Risiko eingehen, aber . . . Es tut mir leid. Es geht nicht. Ein Leben gegen ein paar hundert. Ich kann das Alpha nicht antun. Wenn es eine andere Möglichkeit gibt, wirst du sie finden. Davon bin ich überzeugt.«

Helena war sehr enttäuscht. Natürlich verstand sie die Logik von Koenigs Entscheidung, aber ihr bedeutete die Rettung von Michelles Leben ja auch sehr viel.

»Helena, ich wünsche dir viel Glück«, sagte Koenig schließlich. »Ende, Eagle Eins.«

Verdeschi hatte einige Führer von Minenarbeitergruppen der Mondbasis zusammengerufen. Aufmerksam sahen sie zu, als Tony ihnen einen Augentropfer voll klarer Flüssigkeit zeigte. Vom Ende des Tropfers hing ein langsam größer werdender Tropfen herab. Als das Gewicht der winzigen Träne ausreichte, fiel sie ab und auf den Boden. Es gab einen gewaltigen Krach und einen sengenden Lichtblitz.

Ruhig legte Tony den Augentropfer auf den gepolsterten Tisch zurück. »Sie wissen alle, meine Herren, denn Sie müssen es aus beruflichen Gründen wissen, daß Hypernitro bei ungefähr fünfzig Grad Celcius instabil wird. Sie haben soeben gesehen, daß die Temperatur in Alpha sich sehr rasch diesem gefährlichen Punkt nähert.«

Einer der Minenarbeiter, ein älterer, grauhaariger Mann, setzte den Gedankengang fort. »Und wir haben eine Tonne von diesem Zeug in unseren Lagerräumen.«

Tony nickte. »Dort müssen wir das ganze Zeug herausholen und es in die tiefsten Tunnels bringen. Dafür haben wir noch eine knappe Stunde Zeit.« Alle liefen gleichzeitig zum Liftschacht, wo Maya schon wartete. Sie öffnete für sie die Tür mit ihrem Commlock und zeigte Tony, daß sie den verlangten Sicherheitssensor mitgebracht hatte. Das Gerät arbeitete mit äußerst schwachen Schallwellen, und sie konnten damit feststellen, wie hoch die Molekularfestigkeit eines jeden Behälters war, ehe sie ihn zu bewegen versuchten.

Die Lagerräume in der Abteilung Maschinenbau und Werkstätten waren schon in einer Entfernung von mehreren hundert Meter sehr auffällig gekennzeichnet. Das eingebaute Warnsystem über dem Explosivraum blitzte bereits gelben Alarm, ehe sie ankamen. Tony wußte zwar, daß schon lange vor einer akuten Gefahr Alarm gegeben wurde, aber ihm war doch ein wenig mulmig.

»Na schön«, flüsterte er, denn er wagte nicht mehr laut zu sprechen. Mit seinem Commlock öffnete er die äußere Sicherheitstür. »Leicht atmen und leicht gehen. Bringt die Karren langsam heraus, immer nur einen.«

Maya schlürfte in den Raum hinein und hielt ihren genau eingestellten Sensor vor sich.

»Nun, wie steht's?« fragte Tony, als sich die Leute an die Arbeit machten.

»Gut, solange niemand niest«, antwortete sie.

Die Hälfte der Karren waren schon nach unten unterwegs, und Tony behielt das Wandthermometer im Auge. Es stand jetzt auf siebenundvierzig Grad Celcius, aber das automatische Warnsystem des Raumes hatte schon auf Rot geschaltet und blinkte wie ein wahnsinnig gewordener Leuchtturm.

Da kam Patrick Osgood herein und packte Tony mit seinem Eisengriff am Arm. »Patrick!« warnte Tony.

»Ich will ein Wort mit dir reden, Tony«, knurrte der Riese.

Einige der Leute, die das gefährliche Zeug wegbrachten, blieben wie erstarrt stehen, denn sie fürchteten, die grobe und rauhe Stimme des Mannes könnte die empfindliche Flüssigkeit erschüttern. Verdeschi lächelte voll erzwungener Freundlichkeit.

»Natürlich, Pat«, antwortete er, »aber immer mit der Ruhe. Hier ist es im Moment ein bißchen heikel. Was meinst du, wenn wir einen kleinen Spaziergang machen, wo wir unter uns sein können?«

»Hier und jetzt!« donnerte Osgood.

Trotz der Eisenklammer um seinen Arm lächelte Tony noch immer. »Hör mal«, sagte er leise, »das mit Michelle tut mir entsetzlich leid. Wenn wir nur ein bißchen Tiranium gefunden hätten . . . Gib die Hoffnung nur nicht auf.«

»Hab ich nicht. Ich will nur nicht weiter meine Zeit verschwenden und auf die Narren warten, die sich Wissenschaftler und Ärzte nennen. Ich habe gute Nachricht. Meine Frau wird gerettet werden.«

»Wie?« fragte Tony.

»Ich bin der Retter. Ich habe höheres Wissen. Nur der Glaube kann über den Tod triumphieren. Nur der Glaube kann Leben geben.«

»Ja, das ist sehr interessant, Pat«, meinte Tony, dem die Zeit für den Transport des Hypernitrovorrats viel zu schnell verging. »Wenn du mich aber jetzt entschuldigen würdest . . .«

Osgood schüttelte Tony heftig, so daß dessen Zähne knirschten. »Du hast nur nicht den Glauben, den ich hab . . .«

Nun wurde Tony doch wütend, und so sah er auch aus, doch er erinnerte sich daran, daß Osgood einer seiner ältesten und besten Freunde war. »Pat, du kennst mich doch. Ich war Brautführer bei deiner Hochzeit.«

»Ja, weiß ich. Deshalb tut's mir ja auch leid, daß du sterben sollst. Aber du stirbst wenigstens ehrenhafter als dieser Feigling von Commander.«

Verdeschi schüttelte den Kopf, denn Osgoods Reden wurden immer verworrener. »Pat, ich weiß doch, was du mit Michelle mitmachst. Das tut dir weh und uns auch. Aber hier rennt niemand davon, keiner ist ein Feigling. Der Commander ist abgeflogen, weil er herausfinden will, weshalb hier die Temperatur so schnell ansteigt.«

»Ich weiß doch die Antwort schon. Ich hatte eine Vision. Die Mondbasis Alpha wird in einem Flammenmeer untergehen.«

Tony mußte Osgood unter allen Umständen aus dem Raum schaffen, und so legte er ihm seinen freien Arm um die Schultern und schob ihn zur Tür. »Pat, es gibt alle Arten von Visionen«, sagte er freundlich. »Warum gehen wir nicht zu Dr. Russell und fragen ...«

Osgood schüttelte Tonys Arm ab. »Du glaubst vielleicht, ich werde verrückt, was? Nur weil ich in die Zukunft sehe und weiß, daß Alpha zerstört wird? Aber nicht Michelle. Ich hole sie und nehme sie mit.«

Als Verdeschi wieder nach Osgood greifen wollte, hob ihn der Riese ganz einfach vom Boden auf und schleuderte ihn zurück. Tony krachte in einen mit Hypernitrotanks beladenen Karren, doch es gelang ihm gerade noch, sich abzufangen, ehe er in ganzer Länge darüberfiel. Zwei Männer versuchten Osgood zu überwältigen, doch der setzte ihnen seine mächtige Faust in die Gesichter.

Tony versuchte Osgoods Arme festzuhalten, ehe er in seiner Wut einen der Männer gegen die vollen Kanister schleuderte, doch Osgood packte einen nach dem anderen und warf sie quer durch den Lagerraum. Mayas Sensor piepte aufgeregt, ein Zeichen, daß die Flüssigkeit unmittelbar vor der Detonation stand. Mühsam stand Tony auf, wurde aber in einen

Bärengriff genommen. Pat hatte die Kraft des wütenden Wahnsinns und drohte Tony die Rippen einzudrücken. Er schaute dem Riesen ins Gesicht, um ihn zur Vernunft zu bringen, doch dessen Augen waren leer. Das Gehirn hinter dieser Stirn sah nur seine eigene apokalyptische Vision. Vor Tonys Augen tanzten Sterne.

Auch für Tony war es eine Art Vision, als er hinter sich ein wildes Heulen hörte und dann einen heißen, schweren Atemhauch an seinem Ohr spürte. Nie zuvor hatte er ein so schuppiges, langes Untier gesehen, das sich in Osgoods Schulter verbiß. Es war ein Gebiß wie eine Falle. Die Reißzähne schimmerten im Licht, und am Ende pelziger Stiele glühten rote Facettenaugen.

Osgood bellte vor Schmerz und Entsetzen und ließ Tony auf den Boden fallen, um das Monster von sich wegzuschieben. Das gelang ihm auch, und er rannte davon. Aus einer tiefen Bißwunde an der Schulter strömte Blut.

Tony holte keuchend Luft und starrte das schreckliche Wesen an. Er traute seinen Augen nicht. Doch während er noch schaute, veränderte sich die Luft um das Wesen, und ein schimmerndes Energiefeld entzog es seinen Blicken. Aus dem Schimmer trat Maya, wieder zurückverwandelt in ihre alte Schönheit.

Sie bückte sich zu Tony hinab, um zu sehen, wie schwer Osgood ihn verletzt hatte, doch er lächelte sie an. »Danke«, murmelte er. »Bin ich froh, daß du ihn mir vom Hals geschafft hast, aber mich hätte auch bald ein Herzschlag getroffen. Ich will gar nicht fragen, was das Ding war, sondern es möglichst bald vergessen.«

Maya küßte ihn leicht auf die Wange und kümmerte sich um die anderen Männer. Tony rief über sein Commlock die Abteilung Sicherheit an. Osgood mußte unter allen Umständen gefunden werden. Er war eine Gefahr für alle anderen, solange er in diesem Zustand frei herumlief, noch dazu in einer solch heiklen Zeit.

X

Velma Hill war eine ausgezeichnete Sekretärin und Labor-wenig überspannt und nervös. Ehe sie überzeugt war, daß sie nun sicher den Explosionsraum betreten konnte, bedurfte es der ganzen Überredungskunst von Tony Verdeschi. Sie sollte nämlich die noch lagernden Materialien in eine Bestandsliste aufnehmen. Sie waren alle insofern sicher, als sie erst detonierten, wenn sie mechanisch oder elektrisch gezündet wurden.

Etliche junge Ingenieure schauten ihr verzückt nach, als sie aus dem Lift trat. Der Hitze wegen trug sie nur einen Bikini, und ihre Sonnenbräune kam zu dem dunklen Oberteil herrlich zur Geltung. Voll stolzer Selbstsicherheit schritt sie weiter. Ginge es nach ihr, dann konnte diese Hitzewelle ewig dauern.

Ein wenig langsamer ging sie, als sie sich dem Explosionsraum näherte. Alles, was laute Geräusche verursachte, war ihr zuwider. Sie nahm ihr Commlock, das an ihrem Bikinihöschen eingehängt war, um die Tür aufzusperren, doch sie war einen Spaltbreit offen. Sie war neugierig, wer da drin sein konnte, denn nur die Leiter der Minengruppen hatten Zugang zu diesem Raum.

Sie tat einen schrillen Schrei und blieb unter der Tür stehen, denn sie sah sich Patrick Osgood gegenüber, dessen herabhängende Arme mit Blut bedeckt waren. Sein Gesicht war blaß und schweißfeucht, als habe er eine große Anstrengung hinter sich. Er murmelte etwas und schien sie zum Schweigen aufzufordern, aber da stürzte er vornüber auf den Boden.

»Sicherheit!« schrie Velma in ihr Commlock. »Bitte, kommen! Sicherheit bitte schnell kommen!«

Verdeschi blieb auf dem ganzen Weg zum Lazarett neben der Trage. Osgood kam nicht richtig zu sich, wälzte sich aber heftig herum. Immer murmelte er etwas von einem himmlischen Feuer, dann rief er wieder den Namen seiner Frau.

In der Unfallaufnahme des Lazaretts blieb ein Posten vom Sicherheitsdienst neben ihm stehen, während Tony zur Forschungsabteilung weiterging. Helena und Dr. Vincent arbeiteten, wie es zu erwarten war. Überall lagen Diagramme und Formeln herum, die sich mit der Konstruktion künstlicher Organe befaßten, daneben standen leere Kaffeetassen und lagen zerknüllte Servietten. Helena sah auf. Ihre Augen waren sehr müde.

»Helena«, sagte Tony, »wir haben Osgood. Er ist in der Aufnahme.«

Helena und Ben folgten Tony zu dem fiebrigen Mann. Seine Augen waren offen, als sie ankamen, und er beobachtete ihre Annäherung voll stählener Feindseligkeit.

»Wie geht es ihm?« fragte Tony, als Helena die Bioskopuntersuchung vornahm.

»Er hat viel Blut verloren . . .Ben, schieb doch bitte die Operationslampe und den Instrumententisch näher heran.«

Osgood wollte sich aufsetzen. »Wenn das Feuer kommt, flieht in die Katakomben«, sagte er. »In die Tunnels. Dort seid ihr sicher.«

»Es gibt doch gar kein Feuer, Patrick«, beruhigte ihn Tony.

»Aber es kommt!« schrie Osgood und wollte unbedingt vom Untersuchungsbett herunter.

Helena drückte ihn zurück und griff nach einer Flasche Antiseptikum. Sie mußte vor allem die Wunde säubern und sehen, wie tief sie ging. Es sah aus, als könne sogar der Knochen noch angekratzt sein.

Osgood beruhigte sich ein wenig und sprach langsam und vernünftig. »Doktor Russell. Wenn Sie unter meine Jacke schauen, werden Sie sehen, daß ich einige Pakete mit Explosivstoffen um mich geschnürt habe. Ich bin eine menschliche Bombe.«

Eine Weile herrschte tödliches Schweigen, und Helenas Hände blieben über Osgoods Brust hängen.

»Patrick, das ist wirklich keine Zeit für dumme Streiche«, hielt ihm Tony vor.

Helena schüttelte warnend den Kopf. »Darf ich Sie untersuchen?« bat sie.

»Ja, aber sehr vorsichtig. Alle anderen halten sich fern.«

Helena schnitt erst den Jackenärmel weg, um die Wunde zu untersuchen. Osgood blutete noch immer sehr stark, aber der Knochen schien doch unbeschädigt zu sein. Sie säuberte die Wundränder und vernähte sie. Danach erst hob sie vorsichtig die Jacke an und schaute darunter. Sie erblickte eine dicke Weste sehr geschickt zusammengekoppelter Sprengladungen.

»Er hat die Wahrheit gesagt«, erklärte sie Tony. »Es sieht ganz so aus, als könne er das ganze Lazarett in die Luft sprengen.«

»Das tut er bestimmt nicht«, protestierte Tony.

Helena war da nicht ganz so sicher und erinnerte Tony daran, daß Osgood nicht recht bei Verstand war. »Er könnte es vielleicht doch tun«, meinte sie. »Ich persönlich mache mir allerdings im Moment mehr Sorgen um seinen Arm als um die Sprengsätze. Patrick, ich muß dich operieren.«

Diesmal konnte sich Osgood aufsetzen, und er schwang die Beine auf den Boden. »Meinen Arm können Sie ganz schnell verbinden, aber dann bringen Sie mich zu meiner Frau.«

»Diese Wunde muß sehr sorgfältig behandelt werden ... Und eine Transfusion wäre auch dringend nötig.«

Osgood hob seine heile Hand, und darin hatte er eine Elektroklammer. Die beiden Scherenhälften wurden nur durch den Druck von Osgoods Fingern auseinandergehalten. »Ich will keine Argumente mehr hören, nur einen festen Verband, dann verschwinde ich auch schon«, sagte er.

Helena nahm eine Mullkompresse und legte sie auf die Wunde. Tony und Ben waren ein paar Schritte zurückgetreten und studierten Osgoods Miene. Sie war von grimmiger Entschlossenheit.

Erst vermochte Osgood kaum zu stehen, doch dann gelangen ihm sogar ein paar Schritte. Tony fürchtete, er könne doch die Explosion auslösen, die mit Sicherheit viele Menschenleben kosten würde. Dieses Risiko erschien ihm viel größer als das eines Unfalles, etwa eines Sturzes, aber sie konnten es auf keinen Fall eingehen. Also mußten sie seine Wünsche erfüllen.

Michelle Osgood hatte leichte Beruhigungsmittel bekommen, aber Patricks flehende Stimme holte sie aus ihrem Halbschlaf. Helena versuchte immer noch, ihn von seiner verrückten Idee abzubringen.

»Michelle gehört mir, nicht Ihnen«, brüllte Osgood.

»Aber Sie dürfen sie nicht einfach umbringen«, widersprach ihm Helena. »Nur ein neues Herz kann ihr Leben retten. Und wir sind gerade dabei, ein neues Herz zu konstruieren. Wenn Sie Michelle wegbringen, kann sie nicht überleben.«

»Wie viele Herzen haben Sie schon ausprobiert?« fuhr Osgood sie zynisch an. »Die ganze Medizin taugt nichts. Jetzt will ich euch zeigen, daß mein Glaube wirklich ihr Leben retten kann.«

Helena konnte und wollte aber nicht nachgeben. »Wenn ich nur ein wenig Tiranium hätte, dann könnte ich ein Herz bauen, das einwandfrei arbeitet. Patrick, ich werde aber etwas bekommen. Ich werde so bald wie möglich mit John sprechen, und er muß einfach verstehen, was die paar Gramm bedeuten. Er wird mir die geringe Menge freigeben.«

Aber Osgood wollte keine Zeit mit nutzlosen Reden verschwenden. Er legte seinen heilen Arm um Michelle, die Hand mit dem Triggermechanismus lag auf seiner Hüfte. So führte er sie liebevoll zur Tür. Die anderen gingen ihm aus dem Weg.

»Michelle, es ist weit, aber wir gehen zusammen«, wisperte er ihr zu.

Michelle konnte sich kaum auf den Füßen halten, doch sie ging weiter. »Ich liebe dich«, sagte sie, als sich die Tür hinter ihnen schloß.

XI

Sie konnten auf dem Schirm zwar immer noch nichts sehen, aber Koenig wußte nun, warum. Sie bewegten sich durch eine ungeheure Plasmawolke. In der einen Sekunde befanden sie sich in der grenzenlosen Dunkelheit leerer Nacht, in der nächsten, und ganz ohne Warnung, waren sie innerhalb der Wolke. Dunkel war es noch immer, diesmal aber deshalb, weil die Außensensoren nicht funktionieren konnten, denn keine Wellenlänge des audio-visuellen Spektrums kam mehr durch.

»Jetzt wissen wir wenigstens, Commander, warum wir nichts wußten«, sagte Frazer. »Frage: was ist auf der anderen Seite der Wolke?«

»Da gibt es nur zwei Möglichkeiten, das herauszufinden, Bill«, meinte Koenig trocken. »Wir können nach Alpha zurückkehren und auf das warten, was kommt, oder wir durchstoßen sie mit der Eagle und wissen es früher als die anderen. Aber dann können wir wenigstens hoffen, mit einer Information durchzukommen.«

Frazer knurrte etwas, ließ sich tiefer in seinen Sitz sinken und beschleunigte. »Wir kommen schon zurück, Commander«, versprach er.

Es stellte sich heraus, daß die Plasmawolke weniger dick als tief war, und so waren sie unvermittelt auf der anderen Seite wieder im leeren Raum. Wenigstens registrierten ihn alle Monitoren als leer, aber dem Schirmbild nach waren sie eher in das Herz einer orangeglühenden Sonne vorgestoßen. Um sie herum war die satte, merkwürdige Farbe, ein helles, rötliches Ocker, das flammenartig um sie herumwirbelte.

»Himmel!« schrie Koenig. »Da ist unsere Hitzewelle!«

Weit vor ihnen war die Lichtquelle zu sehen. Der orangefarbene Himmel war nur eine Illusion, die von der Plasmawolke ausgelöst oder verstärkt wurde. Eigentlich war das Licht ja nur eine Vorauswelle eines lodernden Hydrogenfeuers, das sich über viele tausend Meilen im Raum erstreckte. Es war ein Feuersturm. Noch nie hatten sie einen aus solcher Nähe gesehen. Er kam jede Sekunde näher.

»Wir müssen vor ihm davonrennen und Alpha warnen. Wie hoch könnte die Geschwindigkeit sein?« fragte Koenig.

Frazer gab diese Frage dem Computer der Eagle ein, und gleich darauf erschien die Antwort auf dem Schirm. »Hm«, meinte Koenig und stellte selbst eine kurze Berechnung an. »In knappen zwei Stunden kreuzen Alpha und der Feuersturm ihre Kurse. Also nichts wie zurück durch die Wolke, damit wir's ihnen sagen können.«

Die Entfernung zwischen Eagle und Sturm hatte sich jetzt schon merklich verringert. Aus dem Hauptkörper des Infernos schossen rotglühende Fühler, um nach Eagle zu greifen, wenn sie sich nicht rasch bewegte. Frazer warf das Schiff in eine gewagte Haarnadelwendung, tauchte wieder in die Wolke ein und legte mit jeder Sekunde noch Tempo zu.

Mit Maximalschub kamen sie auf der anderen Seite wieder heraus, und sobald die Transmitter wieder funktionierten, hatte Koenig die dringende Verbindung zur Mondbasis hergestellt.

»Eagle Eins an Mondbasis Alpha«, meldete er sich. »Kode, Roter Alarm. Ich wiederhole: Roter Alarm!«

Koenig drückte die Knöpfe unter seinem Schirm, damit die auf dem Dach des Schiffes montierten Kameras die Objektive nach hinten ausrichteten. Ein langer Ausläufer scharlachroter Hitze war schon durch die Wolke gestoßen und verbreitete sich fächerförmig.

Frazer hatte Verdeschi identifiziert und gab ihm die offiziellen Daten. »Hydrogenfeuersturm auf fünfzehn Grad Diagonalkollisionskurs mit Mondbasis Alpha. Geschätzte Ankunftszeit elf Uhr. Computerschätzung der voraussichtlich betroffenen Mondoberfläche fünfzig Meilen Breite quer über Vollmond. Aufprall zwischen einer und fünf Megatonnen variabel.« Dann ließ er seinen sachlichen Ton fallen. »Und, Mensch, es wird verdammt heiß werden.«

Koenig schaltete sich ein. »Tony, sofort in die unteren Tunnels umquartieren. Wir hoffen, noch vor Ankunft der Sturmwelle dort zu sein, also laßt die Tore für uns offen.«

»In Ordnung, Commander«, bestätigte Tony. »Wir legen den Schlüssel unter die Fußmatte.«

»Sag mal, Tony, habt ihr für uns ein schönes, eiskaltes Bier bereit, wenn wir kommen?« fragte Frazer. »Die Größe des Kruges spielt keine Rolle. Brau nur dein übliches Zeug zusammen und stell es auf Eis.«

Tony hatte manchmal Brauversuche angestellt und fühlte sich jetzt ein wenig auf den Arm genommen. Allerdings meinte er, der letzte Lacher gehöre doch ihm, da die gesamte Kühlung auf Alpha nicht einmal einen einzigen Eiswürfel mehr produzieren konnte.

»Ist Helena da, Tony?« fragte Koenig. Sie stand schon bereit und wartete auf eine Gelegenheit, mit ihm zu sprechen. Sie wollte ihn um ein paar Körnchen Tiranium für Michelles Herz anbetteln und ihm erzählen, was mit den Osgoods geschehen war. Die bevorstehende Gefahr ließ wenig Hoffnung in ihr aufkommen.

»Ich bin hier, John«, meldete sie sich.

»Helena, wir können nicht voraussagen, wie der Stützpunkt durch diesen Sturm kommt. Vielleicht werden wir in die Hölle geblasen. Aber ich glaube, du kannst dir ein wenig Tiranium nehmen, um ein neues Herz für diese junge Dame zu machen – falls noch genug Zeit dafür ist.«

Helena konnte nur nicken, denn ihr liefen die Augen über. Die Eagle trennte die Verbindung. Jetzt hatten sie genug zum Nachdenken.

Tony stellte befriedigt fest, daß das Kernpersonal bereits mit der Evakuierung begonnen hatte. Er legte seine Hand auf den roten Alarmknopf und drückte ihn nieder. Sofort setzte eine Kakophonie von Alarmglocken und Sirenen ein.

Gleichzeitig wurden Instruktionen an die Basisfeuerwehr, die Ingenieure und das Lazarettpersonal durchgegeben. Tony stellte eine Verbindung zur Kraftzentrale her. »Alle nicht lebenswichtigen Maschinen und Geräte werden sofort abgeschaltet«, befahl er. »Und ich meine alle!«

Er sah, daß Helena auf eine Gelegenheit wartete, mit ihm zu sprechen. Er ahnte den Grund dafür. »Mach weiter, Helena, ich glaube, dein Job ist sehr wichtig«, sagte er. »Deine Leute können auch ohne dich die Evakuierung vornehmen.«

Helena lächelte dankbar und lief hinaus, um das winzige Quantum Tiranium zu holen, das sie brauchte. Das neue Ersatzherz war schon zusammengebaut, und jetzt brauchte sie nur noch die Beschichtung zu machen, dann konnte der Test laufen.

Als Maya damit fertig war, die Instruktionen für diesen Notfall in den Computer einzugeben, sah sie auf. Tony lächelte sie an.

»Na, du süße Psychon-Hexe«, sagte er. »Es scheint, daß es jetzt an dir und mir liegt, Patrick zu finden. Wir haben noch eine halbe Stunde, dann müssen wir die Leute nach unten bringen. Wir müssen uns davon überzeugen, daß er nicht unten wartet, um uns alle in den Raum zu sprengen, wenn wir ankommen.«

Maya nickte nur kurz. »Tony, meinst du wirklich, daß er eine Vision hatte?« fragte sie.

Die Frage konnte Verdeschi nicht beantworten, denn als er aufschaute, sah er auf dem großen Schirm eine noch weit entfernte Welle roten Feuers mit gezackten Rändern. Sie war durch die Plasmawolke gedrungen und wuchs ungeheuer schnell. Das nächste Hindernis auf ihrem Weg war Alpha.

Tief unten in der Schwärze der Katakomben ruhten Patrick und Michelle aus, und Patrick sah sein eigenes Feuer. Es raste durch die Mondbasis und fraß sie mit all den ungläubigen Narren auf. Die Ungläubigen würden alle umkommen, und nur er und Michelle konnten überleben. Er sah sogar das große Messingbett im Mondstaub stehen. Eine Flammenkugel knallte darauf, aber Osgood lächelte triumphierend, weil er wußte, daß die Flamme Michelles Leben nicht verschlingen konnte. Sie saß neben ihm auf dem Tunnelboden. Ihr Atem ging schwer, und ihr Herz flatterte. Aber sie würde leben. Zusammen hatten sie das Feuer geschlagen, und jetzt würde der Glaube sie stützen und mit neuem Leben beschenken.

»Hab keine Angst«, redete er ihr tröstend zu.

»Wenn ich bei dir bin, habe ich keine Angst. Ich weiß ja, daß du mich liebst . . . Aber Patrick, gab es da im Lazarett keine Hoffnung für mich?«

»Überhaupt keine«, versicherte er ihr.

»Aber Doktor Russell hat sich ungeheuer bemüht.«

Patrick strich zärtlich über das seidige Haar seiner Frau. »Sie hat vollkommen versagt. Aber ich werde nicht versagen. Kannst du jetzt gehen?«

»Nur noch eine Minute. Kannst du mir etwas vorsingen – so wie früher?«

Osgoods tiefe, hallende Stimme begann leise mit einem schönen, erhebenden gregorianischen Choral. Das Volumen steigerte sich, bis die ganze Höhle vibrierte und sein Gesang in zahllosen Echos zurückkam. Michelle seufzte und lehnte sich an ihn. Der Gesang tröstete sie. Ihre Augen waren geschlossen, und deshalb sah sie nicht, wie Patrick, den fernen Schimmer eines Handscheinwerfers. Er hüpfte, als die Person, die ihn trug, näher kam.

Patrick unterbrach seinen Gesang. »Und jetzt müssen wir aber wirklich gehen«, redete er ihr zu.

»Danke sehr, Patrick«, flüsterte sie. »Ich will es versuchen.«

Osgood trieb sie an, so weit er es verantworten konnte, aber er spürte, daß sie am Ende ihrer Kraft war. Hätte er nur zwei heile Arme! Dann könnte er sie tragen. Besorgt schaute er zurück und sah, daß der Suchtrupp sich ziemlich rasch näherte. Sein Glaube,daß sie der Rettung nahe und in Sicherheit waren, brach zusammen. Noch immer konnten sie zurückgeholt werden, um mit dem Rest der Narren zu sterben. Aber er wußte, daß er sie alle eher zu Staub zerbliese, als ihnen nachzugeben.

Der Tunnel schlängelte sich durch den Berg, so daß der Lichtstrahl immer wieder für kurze Zeit verschwand. Wer ihm da folgte, interessierte ihn nicht, doch aus den Stimmen schloß er, daß sie schon ziemlich nahe waren. Seine eigene Lampe wagte er nicht einzuschalten; er bewegte sich aber mit dem sicheren Instinkt des tüchtigen Minenfachmannes. Doch nach fünf Minuten angestrengten Laufens brach Michelle zusammen.

»Ich habe keine Kraft mehr«, klagte sie.

Er versuchte sie aufzuheben. »Wir sind jetzt fast in Sicherheit. Bitte, nur ein kleines Stückchen noch . . .«

»Nein, ich muß ausruhen.«

Osgood schaute sich kurz um. »Nein, du mußt weitergehen!« drängte er.

Michelle taumelte weiter, aber nur noch halb bei Besinnung, dann brach sie wieder zusammen. Osgood streckte sich neben ihr aus. Er selbst fühlte, wie seine Kraft nachließ. Der Blutverlust und die übergroße Spannung verlangten sogar von ihm ihren Tribut.

»Kannst du mich hören?« flüsterte er ihr ins Ohr.

»Keine Angst, Patrick«, wisperte sie zurück. »Ich habe keine Angst zu sterben.«

Dieser Satz verlieh Patrick neue Kraft. Daß sie vom Sterben sprach, konnte er nicht ertragen. Es erschütterte ihn in tiefster Seele. »Du wirst niemals sterben«, versicherte er ihr. »Das lasse ich nicht zu. Du lebst und atmest. Vertrau mir nur.«

Noch fünfzehn Meter waren sie entfernt, als Verdeschis Licht die beiden am Boden liegenden Körper erfaßte. Tony war überzeugt, daß Michelle völlig ausgepumpt war, und Osgood konnte auch nicht mehr in guter Verfassung sein.

Mayas Wahrnehmung war schärfer. Sie entdeckte eine Bewegung bei den beiden, die sie suchten. »Hier, schau doch mal!«

Patrick Osgood kam mühsam auf die Füße und schwankte, aber er biß die Zähne zusammen, um die Flucht fortzusetzen. Er griff nach unten, und – es war nicht zu glauben! – Michelle stand auf. Ihr Gesicht strahlte ihn an. Gemeinsam gingen sie schnell weg und verschwanden um die nächste Tunnelbiegung.

Tony und Maya eilten ihnen nach, zwei Sicherheitsposten folgten ihnen. Sie erreichten die Stelle, wo die beiden Osgoods gelegen hatten, als Tonys Commlock zu piepen begann.

»Verdeschi«, meldete er sich und ging weiter.

Es war Helena. »Tony, wir haben eben die Tests abgeschlossen, und das Herz arbeitet!« Sie war außer sich vor freudiger Erregung. »Perfekt arbeitet es. Du mußt sie finden und herbringen.«

Plötzlich erbebte der ganze Mond von einer ungeheuren Explosion. Der Tunnelboden schwankte, und durch die Gänge und Höhlen rollte das Donnern einer Kesselpauke. Von der Tunneldecke regneten kleine Steine und Staub herab.

»Tony, was war das?« fragte Helena.

»Wahrscheinlich die Vorauswelle des Feuersturms. Von jetzt an wird es ziemlich rauh zugehen.«

»Tony, du mußt sie finden und herbringen!« drängte Helena verzweifelt. »Wir können sie nicht jetzt noch verlieren.«

»Wir finden sie schon«, versicherte er ihr. Er wünschte, er wäre davon überzeugt. Und nun mußte er sich gegen den Fels stemmen, weil eine weitere Schockwelle heranrollte.

XII

Als Frazer mit der Eagle zur Landung auf dem Mond ansetzte, sahen sie die riesigen Feuerzungen, die an ihnen vorübergeschossen waren und schon allerhand Schaden an den Bauten der Basis auf der Mondoberfläche angerichtet hatten. Einige Gebäude brannten, aber alle waren schon vor Monaten geräumt worden.

Ungefähr fünf Meilen entfernt rollte ein riesiger Feuerball auf den Rand eines Kraters zu. Es sah wie eine Eruption aus, als aus der Höhlung Flammen, Rauch und Steine schossen. Die Wucht dieser Eruption hätte sogar auf der anderen Mondseite einen kräftigen Mann von den Füßen reißen müssen.

Koenig rief die Kommandozentrale an, um die Landung einzuleiten.

»Sahn hier, Commander«, meldete sich der Operationschef.

»Wir setzen zur Landung an, Sahn. Ist das Flugdeck noch in Ordnung?«

Sahn grinste breit in den Monitor. »Jawohl, Commander. Wir sind bereit für Sie. Sobald Sie Bodenberührung haben, ist der Lauftunnel an Ihrer Luftschleuse. Ich würde aber nicht empfehlen, einen abschließenden Instrumentencheck durchzuführen. Kommen Sie so schnell wie nur möglich herein und nach unten. Der Kern des Feuersturms wird uns bald treffen.«

»In Ordnung, Sahn. Wie ist sonst die Lage?«

Der Mann war ziemlich besorgt. »Einige Schäden gibt es in den oberen Etagen, aber unten sieht es noch recht gut aus. Ein paar kleinere Unfälle bis jetzt, aber nichts Ernsteres. Die Evakuierung in die unteren Tunnels ist in vollem Gang, aber wir sind ein wenig behindert, weil Mr. Verdeschi angeordnet hat, daß die untersten erst belegt werden, wenn er sie freigibt.«

»Wo ist Tony jetzt?«

»Unten, Sir. Im untersten Tunnel. Er sucht jemanden, glaube ich.«

Koenig warf Frazer einen besorgten Blick zu, der sich auch keinen Reim darauf machen konnte. Er rutschte etwas tiefer in den Konturensitz und deutete nach unten. »Na, komm schon, Bill. Bring mich runter, damit ich sehe, was da vorgeht.«

Das Rumpeln und Rütteln war so gleichmäßig geworden, daß Tony sogar weiterzugehen vermochte. Es war ungefähr so, als gehe ein Seemann bei stürmischer See über Deck. Auch er paßt sich automatisch der Schiffsbewegung an. Der Staub war eine andere Sache. Er war sehr lästig, und Tony und die Männer von der Sicherheit husteten heftig. Maya machte er nicht viel aus, aber die Lungen der Psychonen hatten auch einen viel besseren Filter.

Ein paarmal hatten sie die Osgoods im Scheinwerferstrahl wieder gesehen, aber die beiden liefen, als hätten sie neue Kräfte gesammelt. Die Entfernung zu ihnen verringerte sich nur unwesentlich.

Einmal blieb Tony stehen, um sich den Schweiß abzuwischen, sonst pappte der Staub zu einer Art Tonmaske zusammen.

»Ist das nicht seltsam, wie nahe Osgoods Prophezeiung der

Wahrheit kommt?« sagte Maya. »Ich glaube, wir sollten uns getröstet fühlen, daß der Mond gemäß der Prophezeiung in den Raum geblasen wird.«

Tony seufzte. »Klar, wenn der Prophet nicht selbst explodiert.«

»Das ist noch eine Sorge, selbst wenn wir sie einholen.«

»Wir müssen sie bald finden. Ich denke, sie sind schon sehr erschöpft.«

»Warte mal«, bat Maya und griff nach seinem Arm. »Ich habe eine Idee. Knips doch mal deinen Handscheinwerfer aus.«

Tony war bereit, jeden Versuch zu machen, der sie ans Ziel brachte, damit sie Michelle ins Lazarett schaffen konnten. Er löschte also seine Lampe und wußte, daß sich Maya einer Transformation unterzog. Sekunden später schlüpfte eine merkwürdig geformte Hand mit drei Samtfingern in die seine.

»Einer von euch beiden«, sagte Tony zu den zwei Begleitern, »hält sich an meiner Jacke hinten fest, der andere am Vordermann.«

So bewegten sie sich in einem raschen Trott weiter. Tony ahnte nicht, welche Form Maya angenommen hatte, doch er vermutete, sie müsse so etwas wie ein Fledermausradar haben, um den Weg auch ohne Licht sicher zu finden. Er hoffte nur, das Wesen möge nicht so gräßlich aussehen wie jenes im Explosivlager.

Ein paar Minuten lang liefen sie so weiter und holten ziemlich schnell auf. Osgood mußte langsamer gehen, als er den Lichtstrahl nicht mehr sah. Die hinter ihm rennenden Füße konnte er im unablässigen Rumpeln gar nicht hören, denn eine Schockwelle nach der anderen erschütterte den ganzen Mond.

Plötzlich blieb Maya stehen, und die samtenen Finger ließen Tony los. Etwas schnurrte an seinem Ohr, und er hörte die Worte: »Warte . . . zähle bis zehn . . . dann Licht.«

Als Maya ihn verließ, hob er die Lampe und richtete sie vor sich in den Tunnel. Er zählte bis zehn, dann drückte er den Knopf.

Michelle Osgood saß auf dem Boden. Sie lehnte an einem großen Felsblock und ließ erschöpft den Kopf hängen. Patrick starrte geblendet und verblüfft in der grelle Licht.

»Pat!« rief Tony. »Ich bin's! Tony. Ich will mit dir reden. Ich habe gute Nachricht von Helena!«

Osgood schüttelte zornig den Kopf. Er schien die Worte gar nicht verstanden zu haben. Er hob die rechte Hand mit dem Clip. Die beiden Scherenhälften kamen sich mit jeder Sekunde näher. Wenn sie sich berührten, wurde der Stromkreis der Batterie, die er bei sich trug, geschlossen. Dann würde man die sechs Personen da unten wahrscheinlich nicht mehr finden, nicht die kleinste Spur von ihnen.

Mit einem schrecklichen Röhren sprang etwas in den Lichtkegel. Schwarze und rote Streifen bedeckten den ganzen aufgerichteten Körper, und lange, rasiermesserscharfe, gebogene Krallen schoben sich aus den Polstertatzen. Der Kopf war eigentlich nur eine dicke, graue Membrane, saß unmittelbar auf den Schultern und hatte statt eines Maules nur einen breiten Schlitz.

Osgood erstarrte. Damit schien Maya gerechnet zu haben. Seine Hand war halb offen, und Maya tat einen Satz, ehe sich die Finger auch nur einen Millimeter bewegen konnten. Sie griff ihn nicht an, sondern holte nur mit ihrer Tatze aus und zerfetzte die hängenden Drähte, die zur Batterie führten. Als Osgood sich von seiner ersten Verblüffung erholt hatte, ließ er den Clip los. Jetzt war er harmlos und konnte zuklicken.

»Neinnnn!« heulte er enttäuscht, wirbelte herum und rannte den Tunnel entlang.

Tony machte sich im Moment mehr Sorgen um Michelle und sah nach, ob sie noch lebte. Kaum, stellte er fest, denn ihr Atem kam ganz schwach und stoßweise, und ihr Herz flatterte matt.

»Schnell, bringt sie ins Lazarett hinauf«, befahl er den beiden Männern, die noch immer entgeistert das Wesen anstarrten, in das Maya sich verwandelt hatte. »Verdammt noch mal, beeilt euch doch!«

Als sie davonrannten, kehrte er zu Maya zurück. »Ich folge

jetzt Patrick. Wir haben Michelle, und da wird er jeden Lebensmut verlieren. Er könnte die Drähte wieder flicken und sich – und mich – zu Staub zerblasen. Aber ich kann ihn nicht verlassen.«

Maya verstand sofort. Sie zog die scharfen Krallen ein, und er hatte wieder die samtene Dreifingerhand in der seinen.

Koenig begab sich eiligst zum Lazarett und zur versiegelten Sichtkabine des Operationssaales. Unten im grellen Flutlicht hatten Helena gerade ihre Operation vollendet, und das Team räumte auf.

Durch die Sprechverbindung hörte er Ben Vincent sagen: »Blutdruck verbessert sich ständig . . . Herzschlag noch unregelmäßig.«

Helena sah auf und beobachtete auf dem Schirm die Aufzeichnungen. Eine Operationsschwester wischte ihr die Stirn trocken, und sie kehrte zurück, um noch eine Naht einzubringen.

»Ich gehe auf Audio«, meldete Ben, und im nächsten Moment kam rhythmisch der verstärkte Herzschlag durch. »Herzarbeit wird besser«, sagte er.

Helena hatte nun die letzte Naht fertig und trat zurück. Sie zog die Operationshandschuhe aus. Die Operationsschwester legte einen Verband über die Wunde und befestigte ihn. Die Pfleger machten sich bereit, den Tisch hinauszufahren.

Immer wieder war ein ein lautes Dröhnen durch die isolierten Wände zu vernehmen, und der Boden schwankte unter der Wucht des Feuersturms oben. Unter solchen Bedingungen war eine Operation, wie Koenig wußte, ungeheuer schwierig, aber Michelles Zustand mußte wohl mehr als kritisch gewesen sein, wenn Helena sie trotzdem gewagt hatte.

»Wie geht es ihr?« erkundigte sich Koenig, doch bevor Helena noch antworten konnte, wandelte er seine Frage ab. »Ich weiß, daß es ihr den Umständen entsprechend gutgeht . . . Aber wie geht es dir?«

Helena wurde rot, weil sie sich über seine Sorge freute. »Ich . . . mir geht es gut. Ich bin nur ein wenig müde.«

»Jetzt kannst du ausruhen. Das ist ein Befehl. Der ärgste Sturm ist vorüber, und bald wird alles ruhig sein.« Koenig legte eine Fingerspitze an ihren Mundwinkel, der sich zu einem Lächeln hob. »Du brauchst eine Nacht Schlaf.«

Helena schüttelte den Kopf. »Noch nicht, John. Wir haben noch ein Problem.«

Dr. Vincent überwachte die postoperative Behandlung. Michelle sah sehr friedlich aus, war noch in tiefer Narkose und ruhte auf dem weißbezogenen Bett. Die Instrumente zeigten an, daß sich ihr Leben wieder kräftigte.

»Sie sieht aber gut aus«, stellte Koenig fest.

Helena schaute das Mädchen prüfend an. »Jetzt ist es ganz gut, aber wenn sie aufwacht und erfährt, daß ihr Mann vermißt wird . . . oder daß er tot ist . . .« Helena sah aus, als wolle sie weinen. Der Streß war zu groß gewesen. »Ich kann ihr ein neues Herz geben, aber nicht den Lebenswillen. Dafür braucht sie Patrick. Ich fürchte, unsere ganze Arbeit und unsere Hoffnung könnte umsonst sein . . .«

Eine bekannte Stimme schrie da plötzlich: »Tut mir leid, Doktor, daß du nicht recht hast!«

Alle wirbelten herum und sahen einen schmutzverschmierten Tony Verdeschi um die Türkante lugen. Er lachte strahlend und ein wenig schief, wie nur ein Italiener lachen kann.

»Tony!« rief Koenig.

»Ich bin nicht sehr sauber und komme deshalb nicht herein. Ich wollte euch nur sagen, daß ich Patrick draußen habe. In sehr guter Form ist er zwar nicht, aber er lebt.«

»Und am Leben bleibt er auch«, sagte Helena glücklich und rannte zur Tür hinaus.

Die Routine der Mondbasis war fast wieder normal, und beide Osgoods befanden sich auf dem Weg der Besserung, als zwei Tage später Tony Verdeschi Maya, Helena und Commander Koenig zu einem Umtrunk in seinen Wohnräumen einlud. Alle saßen erwartungsvoll herum, während in Tonys selbstgebasteltem Brauapparat eine gelbliche Flüssigkeit blubberte.

»Schaut euch nur die Farbe an«, begeisterte sich Tony. »Wie Bernstein. Komm, Maya, jetzt ist es soweit. Es blubbert nicht mehr. Ich sage euch, das Zeug geht glatt durch das Dach.«

»Aber hoffentlich nicht, wenn ich es trinke«, wandte Maya ein.

Tony schöpfte etwas von der Flüssigkeit in ein Glas und hob es ans Licht. Dann reichte er es Helena, damit sie den Inhalt begutachte.

»Sieht ganz gesund aus, Tony«, meinte sie lachend.

»Ein Toast auf Mr. und Mrs. Patrick Osgood! Mögen sie lange und glücklich leben! Und nun der erste Versuchsschluck . . .«

Helena hob warnend die Hand. »Bist du wirklich überzeugt, daß dies eine gute Idee ist? Erinnerst du dich an die letzte Computeranalyse zu deinem Gebräu?«

Tony wurde rot und spielte den Verlegenen. »Ich weiß, ich weiß. Ungeeignet für menschlichen Verbrauch. Aber was weiß schon der Computer? Keinen Abenteuersinn, keinen Mut . . . Keine Lust zu Experimenten.«

Er hob das Glas und trak einen tüchtigen Schluck. Eine Weile behielt er die Flüssigkeit im Mund, dann erst schluckte er sie. Seine Miene drückte Staunen, dann Verblüffung aus. Er nahm einen zweiten Schluck, und dann war sein Gesichtsausdruck sehr seltsam.

»Tony«, erkundigte sich Maya, »ist auch alles in Ordnung mit dir?«

»Fan-ta-stisch!« rief er begeistert. »Wer hat gesagt, das sei nicht für menschlichen Verbrauch geeignet?«

Maya konnte der Versuchung nicht wiederstehen, einen Witz anzubringen, als Tony für alle die Gläser füllte. »Wer hat behauptet, daß du ein Mensch bist?« meinte sie lachend.

XIII

Eine Woche nach dem Feuersturm entdeckte ein geologischer Forschungstrupp aus der Luft eine neue Tiranium-Ader in der Nähe des Kraters Kopernikus. Ein riesiger Feuerball hatte eine der alten Lunarrillen aufgerissen, und tief im Basalt wurde dann eine reiche Ader des verzweifelt gesuchten Elements entdeckt, also gerade noch rechtzeitig, ehe die Bestände zu Ende gingen. Natürlich mußte man die Suche weiter fortsetzen, aber man konnte nun endlich wieder alle Abteilungen von Alpha öffnen, auch das Freizeitzentrum. Es war ein Feiertag für das Personal, als wieder die ersten Filme gezeigt wurden, obwohl jeder sie schon mindestens ein Dutzendmal gesehen hatte.

Die tägliche Routine wurde nun fast langweilig, und es vergingen viele Wochen ohne jeden Zwischenfall. Gesellschaftliche Ereignisse wurden wieder wichtig, und ein Tanzfest dann und wann munterte die Leute auf.

Maya kam eines Nachmittags zu Helena. Sie hatte ein langes, schimmerndes Kleid aus regenbogenfarbenem Material an. Ihr Haar war knallig rosa und zu Löckchen und komplizierten Gebilden frisiert.

»Sag mal, Helena, was meinst du dazu?« fragte sie, als sie in den Raum schwebte.

Helena war verblüfft. Das schienen die Vorbereitungen zu der Dinnerparty zu sein, die am Abend stattfinden sollte. Das Kleid war herrlich, aber Helena musterte mißtrauisch die Frisur.

»Ist etwas nicht in Ordnung?« fragte Maya ahnungsvoll.

»Du siehst großartig aus, aber dein Haar . . . Weißt du, die Farbe paßt nicht recht zum Kleid.«

Maya zog erst eine Schnute, dann lachte und blinzelte sie. Der kunstvolle knallrosa Aufbau verschwamm und wurde blaß. Ein durchsichtiges schillerndes Licht zog einen Nebelkreis um Mayas Kopf, und dann sah Helena einen ganzen Wasserfall goldener Löckchen nach griechischem Vorbild.

»Bist du jetzt zufrieden?« fragte Maya strahlend.

Helena nickte. »Und was noch wichtiger ist – Tony wird es gefallen.«

Maya schniefte. »Tony? Du meinst etwa, mir liege etwas daran, ob es Tony gefällt oder nicht?«

Helena lachte, denn überzeugend fand sie das nicht. Jeder wußte doch, daß die Zuneigung zwischen dem gut aussehenden Italiener und der entzückenden Psychonierin von Tag zu Tag noch zunahm. Man erwartete eine Verlobung.

Da unterbrach der Alarm ihren Gedankengang. Es war ein besonders langer Heulton, den Helena lange nicht mehr gehört hatte. Im Moment wußte sie gar nicht, was er bedeutete.

»Das ist eine Warnung, daß das automatische Lebenserhaltungssystem nicht funktioniert«, sagte sie, als es ihr einfiel.

»Dann gehen wir besser in die Kommandozentrale«, meinte Maya und wandte sich zur Tür.

Tony Verdeschi war gerade dabei, die neuen Vorräte an Tiranium in die Eagle-Antriebe einzusetzen, als der Alarm einsetzte. Auch er wußte ihn nicht sofort zu deuten, doch Yasko begann sofort mit der Überprüfung. Sie rechnete mit einem Leck in der Sauerstoffversorgung oder mit einem schadhaften Thermostaten. Alle Daten zeigten aber eine normale Funktion an.

»Was ist es denn?« rief ihr Tony zu.

»Bis jetzt konnte ich noch keine Panne entdecken«, erwiderte sie. »Ich prüfe jetzt einmal das Alarmsystem nach.« Es dauerte nur Sekunden, dann hatte sie die Antwort. »Da scheint ein furchtbares Durcheinander zu herrschen, so daß der Alarm selbst losging.«

»Kannst du feststellen, wo genau der Fehler liegt?«

Plötzlich jaulte eine andere Sirene, und Alan Carters Ohren schmerzten. Als Pilot kannte er diesen Alarm sehr gut. Er bedeutete Feuer in den Treibstoffvorräten.

Yasko prüfte. »Jetzt ist es eine Panne in Sektion F«, berichtete sie und stellte fest, daß alle anderen Instrumente im Treibstofflager normale Verhältnisse anzeigten.

Auch noch andere Alarmsysteme plärrten los – Hörner, Glocken und Pfeifen, es war ein Höllenlärm. Lichter blinkten an sämtlichen Konsolen wie verrückt und meldeten noch weitere vorhandene Pannen. Koenig kam vor Helena und Maya in die Kommandozentrale gerannt.

»Was, zum Teufel, ist da los?« schrie er Verdeschi zu, doch über all dem Getöse war er kaum zu hören.

Tony hatte Yaskos Daten am Terminal nachgeprüft. »Panne in der elektronischen Anlage. Sie scheint sich schnell auszubreiten.«

»Stell doch den Alarm ab!«

Dann herrschte eine unheimliche Stille, als Tony den Überlastungsknopf gedrückt hatte. Alle waren halb taub von all dem Krach, so daß Koenig noch überlaut sprechen mußte, um sich verständlich zu machen.

»Bildcheck auf den großen Schirm«, bat er. »Alle Sektionen nach ihrer Wichtigkeit. Ich will selbst sehen, ob etwas nicht in Ordnung ist. Der Himmel weiß, woher dieses ganze Durcheinander kommt.«

Sie schauten alle auf den Schirm, sahen aber nur ein Zickzackmuster in schönen, lebhaften Farben.

Yasko wählte verschiedene andere Kanäle, um ein Bild zu bekommen.

»Panne breitet sich auf Videosysteme aus«, meldete Tony.

Koenig spürte nun seinen persönlichen Alarm – ein Ziehen im Hinterkopf. »Noch einmal versuchen«, befahl er.

Yasko wählte einen Ersatzstromkreis, jedoch mit dem gleichen Erfolg. Dann begann das Licht auf dem Schirm zu verblassen. Die unzähligen Lampen und Lämpchen an den Konsolen gingen aus.

»Stromausfall«, berichtete Tony. »Auf Notstrom schalten.« Das versuchte er, aber nichts rührte sich. Entsetzt sah er Koenig an und erwartete von ihm weitere Instruktionen.

»Yasko, Statusreport«, befahl Koenig.

Sehr ruhig berichtete sie ihm das Schlimmste. »Totaler Stromausfall. Pannen in Systemen A bis G. Pannen auch im gesamten Lebenserhaltungssystem.«

Koenig überlegte fieberhaft. Da bemerkte er einen seltsamen Lichtschimmer im Raum. Erst schien er aus den Wänden zu sickern, vielleicht als Nachglühen der vorherigen Lichtfülle. Dann sah er aber, als er den Knopf drehte, daß im Mittelpunkt des Raumes ein sehr grell strahlender Lichtpunkt hing.

Er war wie versteinert. Nicht einen Muskel konnte er rühren. Innerhalb seines Blickfeldes sah er Tony und Maya im gleichen Zustand, und daher vermutete er, daß es den übrigen Leuten auch nicht anders ging.

Aus dem Lichtschimmer formte sich ein entzückendes junges Mädchen. Das lächelnde frische Gesicht war von dunklem, kurzem Haar eingerahmt. Sie trug nur ein helles, leichtes, durchscheinendes Hemdkleid, das einen sportlichen, perfekt geformten Körper mehr enthüllte als bedeckte.

Triumphierend sah sie sich um und schien die Hilflosigkeit der Alphaner zu genießen. Dann wandte sie sich dem Commander zu und entließ ihn mit einem leichten Nicken aus seiner Starre. Koenig mußte sich an einer Stuhlkante festhalten, bis sich sein Gleichgewicht stabilisiert hatte, doch seine Sorge galt den noch immer starren Alphanern.

»Die werden schon wieder«, versicherte ihm das Mädchen in perfekter Menschensprache. Sie schien also seine Gedanken lesen zu können.

»Wer sind Sie?« fragte Koenig.

»Ich bin Zamara vom Planeten Wega.« Arrogant blickte sie sich um. »Eure kleine Welt ist in unsere Einflußsphäre eingedrungen. Wer bist du?«

»Ich bin Commander John Koenig. Wir sind in euerer . . . Einflußsphäre? Das ist reiner Zufall und keine feindliche Absicht.«

Zamara nickte herrisch. »Ich nehme deine Erklärung an.«

»Aber«, sagte Koenig ziemlich kurz angebunden, weil ihm der Hochmut der ungebetenen Besucherin nicht behagte, »wenn du nicht sofort unsere Systeme freigibst, sehe ich mich gezwungen . . .«

Die Fremde wirbelte herum. »Deine Systeme werden in einem elektrischen Kraftfeld blockiert. Man kann damit, wie du ja gesehen hast, auch das individuelle Nervensystem blockieren.«

»Das kann aber gefährlich werden«, warnte Helena. »Unser Nervensystem ist in einem sehr empfindlichen Gleichgewicht.«

Zamara tat den Einwand mit einer Handbewegung ab. »Es gibt keine Dauerwirkungen, das versichere ich euch. Und für den Augenblick will ich euch ein Minimum an Energie für das Lebenerhaltungssystem zugestehen.« Sie sah wieder Koenig an. »Ich werde die Instrumente so einstellen, daß ihr für achtundvierzig Stunden überleben könnt.«

Koenig lehnte sich drohend vorwärts, sein Gesicht war zornrot. »Das ist aber ein sehr gefährliches Spiel. Und was soll dessen Zweck sein?«

Zamara lächelte diplomatisch, aber recht künstlich und kalt. »Wir wollen euch nichts Böses tun, sondern uns nur eurer Zusammenarbeit versichern. Es wird sich nicht umgehen lassen, daß zwei von euch mit mir zur Wega zurückkehren. Während eures Besuches wollen wir eure Pläne nicht stören.«

»Die beste Möglichkeit für eine Zusammenarbeit ist die, uns die Kontrolle unserer Systeme zurückzugeben und zu erklären, was ihr von uns wollt.«

Zamara vermied den Blick des Kommandanten und schüttelte den Kopf. »Es gibt nur eine Möglichkeit, eure Hilfe zu garantieren. Aber keine Angst. Wer mitkommt, wird zurückgeschickt werden, nachdem uns geholfen wurde. Im Namen der Bewohner der Wega versichere ich euch das, und außerdem bleibt euch ja gar nichts anderes übrig.«

Koenig sah ein, daß er mit allen anderen im Moment der Willkür dieser merkwürdigen fremden Frau ausgeliefert war. Solange er nicht wußte, welche Hilfe zu leisten war, gab es nur die eine Möglichkeit der Zusammenarbeit. Wenn man Alpha nur für achtundvierzig Stunden zu verlassen brauchte, dann begann man damit am besten sofort. Da er dies nun entschieden hatte, trat er auf Zamara zu.

»Na gut«, sagte er. »Dann gehen wir.«

Zamara schüttelte den Kopf. »Ich glaube nicht, daß du der richtige Mann bist.« Langsam schaute sie sich um und deutete erst auf Helena, dann auf Verdeschi. »Ich wähle dich . . . und dich . . .«

»Moment mal!« rief Koenig entrüstet. »Ich lasse nicht . . .« Mitten im Satz hörte er auf, ein nachdrücklicher Finger war halb erhoben. Zamara hatte ihn wieder in eine Starre versetzt.

Für Tony und Helena schnippte sie mit den Fingern. »Wir werden eine Positronenreise machen«, kündigte sie an. »Nur entspannen und den Geist frei machen. Bevor ihr wißt, was los ist, seid ihr dort.«

Tony zuckte die Achseln und schloß die Augen, um seinen Geist zu ›räumen‹. Helena fühlte sich unsicher, daß sie Alpha verlassen und ins Unbekannte reisen sollte. Außerdem kam sie sich komisch vor; mitten in der Kommandozentrale stehen und in einem Rauchwölkchen verschwinden, war nicht ganz nach ihrem Geschmack.

»Wenn dir das Leben deiner Freunde lieb ist, tust du, was ich dir sage«, riet ihr Zamara, die damit auf den Kern des Problems kam.

Helena schloß also die Augen und versuchte genau wie Tony, ihren Kopf zu leeren. Sie wußte, daß ihr das nicht besonders gut gelang, und deshalb machte sie wieder die Augen auf und fragte, weshalb es nicht klappte.

Koenig fühlte sich entsetzlich. Da war er nun starr wie ein Stein, und vor ihm waren Tony und Helena gerade verschwunden. Zamara wartete noch ein wenig, dann nickte sie und entließ ihn aus der Starre.

»Ich will einen Kommunikationskanal offen haben«, schnappte er, »so daß ich mit Ihnen Kontakt halten kann.«

Zamara überlegte einen Moment, dann lachte sie humorlos. Sie ging zur Kommandozentrale, nickte, und das Transmitterlicht leuchtete auf.

»Euer Radio funktioniert wieder«, erklärte sie, dann war sie lautlos verschwunden.

Das erste, was Helena wahrnahm, waren Tauben, eine

ganze Schar gurrender Tauben. Dann roch sie Blumenduft in exotischer Fülle. Sie öffnete die Augen und sah, daß sie sich in einem üppigen waldigen Garten befand. Um sie herum blühten die schönsten und buntesten Pflanzen, und die Bäume beugten sich unter dem Gewicht reicher Ernten an merkwürdigen Früchten. Neben ihr stand ein ebenso verwirrter Tony.

Allmählich erholten sie sich von ihrem Staunen und gingen im Garten herum. Hoch über ihnen war ein Plafond; also befanden sie sich in einer kontrollierten Umgebung. Tony entdeckte ein ovales Fenster und ging hin, um zu sehen, wie es draußen ausschaute. Aber das Glas schien von außen her dick frostig beschlagen zu sein, so daß sich nichts erkennen ließ.

Helena schlenderte an den Rand einer Lichtung und schaute in die Büsche, um einen Pfad zu finden. Sie streckte ihre Hand aus und schob ein großes, flaches Blatt weg – und schrie vor Angst.

Denn ein Gesicht starrte sie an. Es war kalkweiß, und die Augen erschienen ihr wie dunkle, runde Löcher. Die Haut war dick und aufgedunsen, wie das Fleisch eines Ertrunkenen. Ein grobes grünes Gewand bedeckte den Körper. Eine große rote 8 war darauf gemalt oder gedruckt.

»Habe ich dich erschreckt?« fragte eine sehr kultivierte Stimme.

Helena wirbelte herum. Ein großer, sehr gut aussehender Mann lehnte am Stamm eines nahen Baumes. Wie bei Zamara war auch sein Gewand kurz und durchscheinend und verhüllte kaum den schlanken, wohlgebildeten Körper. Er ließ Helena nicht aus den Augen, sprach nun aber mit dem Ding hinter dem Busch.

»Bring unseren Gästen etwas zu essen.« Er lächelte und kam näher. »Ich bin Zarl. Ich hoffe, euer Aufenthalt auf Wega ist sehr . . . angenehm.«

Tony wollte gerade vom Fenster zurücktreten und zu ihnen gehen, als vor ihm ein Licht schimmerte. Im nächsten Moment stand Zamara vor ihm. Sie schien an diese Art des Reisens gewöhnt zu sein und sprach so zu ihm, als sei sie die ganze Zeit dagewesen.

»Draußen ist die Temperatur immer unter Null, und für die Menschen ist die Atmosphäre zu dünn. Ich bin überzeugt, ihr werdet alles, was ihr wünschen könnt, in unserer umschlossenen Stadt finden.«

Ihr Blick war sehr suggestiv, und darüber staunte Tony. Auf einem fremden Planeten hätte er mit ausgefallenen gesellschaftlichen Gepflogenheiten gerechnet, und deshalb mißtraute er auch der berechnenden Versuchung, die von diesem hübschen Mädchen ausging. Aber seine romanische Ader war manchmal stärker als sein Verstand.

Am Rand der Lichtung erschienen nun drei dieser seltsamen Humanoiden mit Essen und Getränken. Jeder von ihnen hatte auf der grauen Uniform eine andere rote Nummer. Hinter ihnen kamen einige andere Weganer. Alle sahen ebenso gut aus wie Zarl und Zamara.

Tony und Helena nahmen an einem langen, niedrigen Tisch Platz, wie man es ihnen befahl. Die Weganer setzten sich sehr anmutig auf dicke, kostbare Brokatkissen.

»Erfrischt euch«, lud Zarl sie ein.

Die häßlichen Wesen gingen um den Tisch herum und boten Essen an. Einer beugte sich sehr nahe zu Helena herab und flüsterte ihr ins Ohr.

»Was immer auch geschieht, reagiert nicht so, wie sie's erwarten.«

Helena verzog keine Miene und sagte »danke«, als sei es für das Servieren.

»Einer Nummer braucht man nicht zu danken«, erklärte Zarl.

»Sind das Roboter?« wollte Tony wissen.

»Nein, eigentlich nicht. Automaten sind viel genauer.«

Das Wesen mit der Nummer 8 auf der Brust goß Helena roten Wein in einen Kelch. Diesmal hörte sie: »Wenn ihr aggressiv werdet, töten sie euch.«

Schnell ging die Acht weg, und Helena hob, um ihre Überraschung zu tarnen, eine köstlich aussehende rote Frucht an den Mund. Sie biß in die weiche Haut und war erstaunt, weil das Ding nach altem Fensterkitt schmeckte.

»Ist die Nahrung nach euren Wünschen?« fragte Zarl.

Helena nickte. »Ja. Sie ist nur ungewohnt.«

»Du lügst!« zischte Zamara. »Dualte Hexe, das Zeug bleibt dir ja im Halse stecken!«

Tony war sehr verblüfft und noch mehr überrascht, daß Helena sich davon anscheinend nicht beeindrucken ließ. Zarl schob ihm eine der Schüsseln zu, und so überlegte er, daß es wohl am besten sei, selbst etwas zu versuchen, um die anderen von Helena abzulenken. Als er ein Stück in den Mund schob, sagte Helena betont nachdrücklich zu ihm: »Das Essen ist absolut köstlich, Tony.«

Er hörte eine Warnung in ihrer Stimme, und er wußte auch warum, als er den Bissen kaute. Er schmeckte nach ungewaschenen Socken. Er lächelte angestrengt. »Oh, wie köstlich!«

Diesmal reagierte Zarl. »Du verlogener Idiot!«

Tony fühlte, wie sich ihm die Nackenhaare aufstellten.

»Du bist unser Gast«, fuhr Zarl fort, wurde jetzt aber beleidigend, »du kannst also tun, was du willst. Iß diese Sachen! Oder wirf sie mir ins Gesicht – was du willst.« Zarl feixte ihn an. »Aber handle wenigstens wie ein Mann, nicht wie ein kringelnder, rückgratloser . . .«

Tony dachte gar nicht darüber nach, sondern schloß die Finger um den Teller, um ihn in Zarls höhnisches Gesicht zu werfen.

Schnell beugte sich Helena über den Tisch und nahm Tony den Teller ab. »Wir sind nicht an so großartiges Essen gewöhnt«, sagte sie liebenswürdig zu den Weganern, und dann zu Tony: »Reg dich ab.«

Er setzte sich wieder, verstand, was sie meinte, wunderte sich jedoch über das, was hier vorging.

Koenig wartete geduldig, während Yasko über Radio eine Antwort von der Wega zu erhalten versuchte; sie bekam keine, nur Schweigen.

»Sie haben uns angelogen. Sie erlauben uns keine Verbindung«, sagte Maya. Sie seufzte, denn sie machte sich Sorgen um Tony und Helena. »Wenn sie uns da angelogen haben, dann lügen sie auch über . . .«

Der Commander dachte ihr ein Stück voraus. »Wir müssen zur Wega!«

Dann fiel es ihm aber ein, daß es leicht sei, etwas Starkes zu sagen, sehr viel schwieriger jedoch, es auch auszuführen. Ohne jede Energie kamen sie überhaupt nicht weg. Er hatte befohlen, die ganze Mondbasis müsse genau durchsucht werden, ob nicht irgendwo ein einfaches Gerät vesteckt worden sei, das die ganze Elektronik neutralisierte, doch bis jetzt hatte man gar nichts gefunden. Man wußte nur, daß sich die Lage immer mehr zuspitzte.

»Wie steht es mit dem Lebenserhaltungssystem?« fragte er Maya.

»Kritisch. Verlust von Wärme und Sauerstoff. Ich würde sagen, uns bleiben noch maximal zweiundvierzig Stunden.«

Koenig schlug mit der Faust auf den Tisch. Vielleicht hing jetzt alles von Alan Carter ab und den Männern, die er mitgenommen hatte, um die Eagles zu erreichen. Wenn sie einen Energiepack zurückbringen können, dann hätte der Mondstützpunkt vielleicht noch eine Chance. Natürlich war es möglich, daß auch die Eagles außer Betrieb gesetzt worden waren. In diesem Fall waren sie völlig den Weganern ausgeliefert, und deren Versprechen waren bis jetzt nicht gehalten worden.

Helena und Tony standen in ihrem Gästezimmer der Wega-Stadt. Zarl hatte sie hergebracht und ihnen gesagt, sie sollten es sich gemütlich machen. Tony wurde immer verwirrter, denn Helena betonte, wie angenahm und entzückend der Raum aussähe, und Zarl hatte dazu ein ziemlich dummes Gesicht gemacht.

Als die Tür mit einem lauten Klicken ins Schloß gefallen war, holte Tony tief Luft und atmete geräuschvoll aus. Der Raum war kaum größer als ein Schrank und hatte kalte, graue Steinwände. Die einzige Öffnung war die geschlossene Tür, das einzige Möbelstück ein flacher, harter Stein.

Helena nahm ihr Commlock in die Hand und versuchte die Mondbasis zu erreichen. »Doktor Russell ruft Alpha . . . Alpha bitte kommen . . .«

»Vergiß das, Helena«, sagte Tony und nahm seinen Stunner heraus, den er für wesentlich geeigneter hielt, die Lage zu klären.

»Nein, Tony«, warnte Helena. »Das wollen sie ja nur. Eine der Nummern hat es mir gesagt.«

»Wenn wir erst Robotern glauben . . .«

»Dem glaube ich«, erklärte sie bestimmt. »Er sagte, wenn wir uns aggressiv zeigten, würden sie uns töten. Du mußt doch zugeben, daß sie sehr nachdrücklich versuchen, uns zu provozieren.«

»Aber warum?«

»Es gibt nur eine Möglichkeit, die Antwort auf diese Frage zu bekommen. Wir müssen diese Nummer finden.«

Tony überlegte und gab ihr recht. Er stellte seinen Stunner auf den Laserstrahl ein und zielte auf die Schrauben innen, die das Schloß festhielten. Mit zwei kurzen Strahlstößen war die Tür offen.

Die Korridore der Wega- Stadt waren ziemlich leer. Helena und Tony hatten also keine Schwierigkeit, unbeobachtet voranzukommen. Die Bevölkerung des Planeten schien sehr gering zu sein, doch wenn sie sich mit der aus einer Höhle gehauenen Stadt bescheiden mußten, war ja wohl auch eine strenge Bevölkerungskontrolle nötig.

Ein paar Weganer kamen vorbei, und sie hielten sich immer so gut wie möglich außer Sicht. Endlich sahen sie eine Nummer. Sie folgten ihr und gingen ihr nach durch eine Tür. Nun befanden sie sich in einer weniger komfortablen Höhle und auf einem leicht abschüssigen Weg.

Von den Stalaktiten über ihnen tropfte Wasser in den Sand. Die Nummer ging langsam vor ihnen her, und sie konnten leicht mit ihr Schritt halten, ohne gesehen zu werden.

Sie hatten nur wenige Minuten gebraucht und waren soch schon etwa dreißig Meter unter dem Niveau der Stadt. Die Luft war kalt, feucht und unbehaglich, das Licht schimmerte nur matt gelblich. Als sie um eine Ecke bogen, sahen sie am Ende des Tunnels eine geräumige offene Höhle.

Dort saßen etwa zehn oder zwölf Nummern und hoben ihnen ihre furchterregenden weißen Gesichter entgegen. Sie saßen sprungbereit auf Felsen um eine blubbernde heiße Quelle.

Helena ging tapfer weiter, und Tony hielt seine Waffe schußbereit.

»Wir kommen als Freunde«, sagte Helena.

Die Nummern sahen sie schweigend an.

»Ich möchte mit der Nummer sprechen, die mich gewarnt hat«, bat Helena. »Wir brauchen eure Unterstützung . . . Vielleicht können wir einander helfen.«

Die Nummern sagten nichts, sie bewegten sich auch nicht. Fast eine Minute verging, die Spannung wuchs von Sekunde zu Sekunde. Dann hob einer eine Hand ans Gesicht und kniff die Haut fest zwischen den Fingern zusammen. Mit einem schmatzenden Geräusch und einem Schnappen zog er die weiße Maske ab. Ein ganz normales, sehr trauriges Gesicht eines Mannes mittleren Alters kam zum Vorschein.

»Ihr . . . seid keine Androiden?« fragte Tony.

»Nein«, antwortete der Mann. »Die Androiden sind die anderen. Wir sind Menschen.«

XIV

Helena saß nun auch am dampfenden Teich und verstand, weshalb die Nummern . . . die Menschen sich in dieser Höhle versammelten. Die abstrahlende Hitze des Wassers verschaffte ihnen wenigstens eine behagliche Wärme.

Der Mann mit der roten 8 auf dem Gewand, der sein Gesicht enthüllt hatte, erklärte die Lage auf Wega. Tony und Helena lauschten aufmerksam dieser traurigen Geschichte.

»Ihr seht also, wir haben vor vielen Jahren die ersten Androiden gebaut und koppelten sie an einen ungeheuer mächtigen und komplizierten Computer. Wir dachten damals, wir würden uns freimachen von der langweiligen Routinearbeit, so daß unsere Zivilisation sich ausschließlich der Kunst und Wissenschaft widmen könnte. Niemals in unserer ganzen Geschichte war uns dies möglich gewesen, da wir ja immer ums Überleben hatten kämpfen müssen. Aber der Computer war gerissener, als wir dachten. Er programmierte die Androiden mit recht ausgefallenen Ideen, die wir gar nicht beabsichtigt hatten und benützten sie, um Verbesserungen an sich selbst vorzunehmen, so daß sie schließlich unsere ganze Stadt unter Kontrolle bekamen.«

»Ein selbst-generatives System?« fragte Tony.

»Ja. Der Zyklus setzte sich fort, bis die grobschlächtigen Roboter, mit denen wir begonnen hatten, zu den perfekten Humanoiden wurden, die ihr gesehen habt. Psychisch sind sie alle auf den Meistercomputer fixiert und auch unter sich aneinander gekoppelt. Sie sind selbständige Teile eines großen, teuflischen Geistes.«

»Aber sie drücken doch Emotionen aus«, wandte Helena ein. Sie erinnerte sich sehr gut an Zarls Blick, als er sie zum ersten Mal sah.

»Sie imitieren Gefühle nur, haben aber selbst keine. Die einzigen Gefühle, die sie nicht spielen können, sind Liebe und Haß. Das haben sie noch nicht gelernt.«

Helena dachte nach. In Zarls Blick hatte sie doch noch etwas erkannt. Aber was nur? Und wie?

»Warum bedeckt ihr eure Gesichter?« fragte Tony.

»Damit man uns nicht überraschen kann, wenn wir starke Gefühle erleben.«

Helena wurde immer verwirrter. »Aber wenn sie euch sehen wollen, brauchen sie euch doch nur die Masken abzureißen.«

»Sie können keine Gewalt anwenden. Wir haben in ihrer Gegenwart niemals Gewalttaten verübt, also haben sie keine Erfahrung darin, können sie also auch nicht imitieren.«

In den Augen der 8 lag ein fatalistischer Ausdruck. »Sie würden uns nur allzugern töten, aber das können sie nicht. Sie besitzen nicht das emotionelle Muster von Zorn oder Aggression. Das wollten sie ja von euch lernen – wie sie töten können.«

Helena schüttelte den Kopf. »Aber warum wollen sie euch töten?«

»Wir sind, solange wir leben, eine Bedrohung für sie. Das wissen sie, und sie fürchten den Einfallsreichtum und die Intelligenz der Menschen. Solange wir leben, könnten wir eine Möglichkeit finden, den Meistercomputer zu erreichen und sie zu vernichten.«

»Wo ist dieser . . .« Tony beugte sich gespannt vor, denn er sah hier eine Chance. »Wo ist dieser Meistercomputer? Ist er sehr gut bewacht?«

Nummer 8 deutete zur anderen Höhlenseite, dem Ende gegenüber, woher sie gekommen waren. »Dort ist ein Tunnel, der geradeaus dorthin führt. Aber der Computer ist von einem undurchdringlichen Kraftfeld geschützt. Auf die Art brauchen sie keine Posten.«

Tony stand auf und zog Helena in die Höhe. »Danke«, sagte er. »Ich denke, wir gehen jetzt und sehen uns die Sache mal an. Es klingt ganz so, als liege dort unsere einzige Hoffnung . . . im Augenblick wenigstens.«

»Vergiß aber nicht«, rief Nummer 8 ihnen nach, »daß ihr keine Gewalt anwenden dürft, egal was sie tun. Sonst töten sie uns alle!«

Der Meistercomputer der Wega pulste und blubberte innerhalb eines schimmernden Netzes von gebogenen und ineinander verschlungenen Rohren. Er hockte wie ein riesiger Altar des für sich selbst wichtigen Intellekts in der Mitte eines hohen Gewölbes. Auf allen Seiten war dieser Raum mit Fliesen ausgelegt. Als Wissenschaftler konnten Helena und Tony diese Anlage bewundern, als Menschen mußten sie sie fürchten. Ein Computer mit einem Kreislauf flüssiger Chemikalien war offensichtlich irgendwie ein gewaltiger Fortschritt.

Plötzlich prallte Tony zurück. Ihm war, als sei er gegen eine unsichtbare Wand gerannt. Er schüttelte den Kopf, und Helena stützte ihn.

»Ist schon gut«, sagte er. »Das ist ein sehr starkes Kraftfeld . . . Aber wenigstens ist es nicht so gemein wie andere, die ich schon erlebt habe.«

Er nahm seine Waffe heraus und drehte den Laser auf volle Kraft. Der Strahl konzentrierten Lichtes summte heraus und löste einen Funkenregen aus. Eine andere Wirkung schien er jedoch nicht zu haben.

»Du verschwendest nur deine Zeit.«

Helena und Tony wirbelten herum, als sie Zarls Stimme vernahmen. Er stand direkt hinter ihnen, neben ihm die feixende Zamara.

»Die ganze Kraft eurer Mondbasis könnte dieses Kraftfeld nicht einmal ankratzen«, sagte Zarl weiter.

»Ihr solltet eure Wohnung nicht verlassen«, tadelte Zamara und tat einen Schritt vorwärts. »Warum seid ihr hierher zum Computer gekommen? Was habt ihr zu erreichen gehofft?«

Tony kochte innerlich. Daß sie es wagen konnte, den Freiheitsdrang eines Gefangenen in Frage zu stellen! Dann sah er Helena an, und ihre Augen mahnten ihn, Ruhe zu bewahren.

»Wir machen uns Sorgen um unsere Freunde, und wir versuchten, uns mit ihnen in Verbindung zu setzen«, erklärte er voll gezwungener Höflichkeit.

Helena behielt Zarl im Auge, und sie bemerkte auch seine gelegentlichen Seitenblicke. Sie war überzeugt, daß die Anlage zu Gefühlen in diesen Wesen vorhanden war, wenn sie nur einen Weg fänden, sie zu ermutigen.

Sie trat näher an ihn heran. »Bitte, gib uns frei«, sagte sie leise zu ihm. »Uns und die Mondbasis.«

Die Maske der Arroganz fiel von Zarls Gesicht ab und machte tiefer Verzweiflung Platz. »Vielleicht . . .« Er schaute Zamara an. »Vielleicht . . . gibt es noch einen anderen Weg . . .«

»Nein«, entgegnete sie barsch, und Zarl nahm gehorsam wieder seine arrogante Haltung an.

»Wenn ihr euch um eure Freunde sorgt, warum geht ihr nicht wieder zu ihnen zurück?« fragte die schneidende Stimme.

»Wie denn?«

Zamara lachte höhnisch. »Die lernen doch nie etwas! Ihr braucht doch nur euren Geist zu klären, dann wird der positronische Transfer euch dorthin bringen, wohin ihr wollt.«

Helena und Tony tauschten zweifelnde Blicke. Wollten ihnen die Androiden der Wega wieder einen Streich spielen? Beide wußten, daß sie jede Gelegenheit beim Schopf packen mußten. Sie schlossen also die Augen und bemühten sich, alle Gedanken aus dem Kopf zu verbannen.

Als Helena die Augen aufmachte und sich umschaute, sah sie um sich herum die strahlenden und blinkenden Lichter der Kommandozentrale Alpha. Tony stand hinter ihr und versuchte auch, sich zurechtzufinden. Außer ihnen war aber niemand im Raum.

Auch Tony war etwas verwirrt von der Wirkung der positronischen Reisetechnik, aber die Verwirrung verflog schnell und machte einer großen Freude Platz. Dann stellte er fest, daß alle Stromkreise wieder auf normal geschaltet waren, und das machte ihn noch glücklicher. Jetzt konnte er zusammen mit den leitenden Offizieren der Mondbasis einen Plan ausarbeiten, wie sie den der Weganer durchkreuzen konnten.

»Wo sind die anderen, Tony?« fragte Helena verblüfft.

Mit ein paar langen Schritten war Tony an einer Konsole und drückte auf die Kommunikationsknöpfe. »Waffenabteilung . . . Waffenabteilung . . .« Er versuchte ein paar weitere. »Petrow? Bist du auf deiner Station, Petrow?« Verblüfft und besorgt wandte er sich zu Helena um. »Lazarett? Dr. Vincent . . . Wo ist Dr. Vincent?«

Helena rannte den Korridor entlang, bis sie vor der Tür mit der Aufschrift WOHNUNG DES KOMMANDANTEN stand. Mit Commlock öffnete sie die Tür.

»John!« rief sie. »John!«

Aber nur Schweigen empfing sie. Nun lief sie weiter und schaute in die Nachbarräume, ehe sie zur Kommandozentrale zurückkehrte. Sie brauchte Tony gar nicht zu sagen, was sie gefunden oder vielmehr nicht gefunden hatte.

»Sie müssen weggeschickt worden sein . . . Wahrscheinlich sind sie auf der Wega«, meinte er und schüttelte den Kopf. Es war eine irre Grausamkeit der Weganer, ihnen zu raten, sie sollten zur Mondbasis Alpha zurückkehren, und gleichzeitig entführten sie alle Alphaner zur Wega.

»Wir müssen also wieder zurück«, sagte Helena.

»Wie?«

»So wie vorher. Wir leeren unsere Geister und lassen uns durch die Wirkung der Positronen zurückbringen.«

Diesmal zögerten sie nicht. Sie schlossen die Augen und warteten auf das merkwürdige Gefühl des Transfers. Aber diesmal geschah gar nichts. Sie öffneten die Augen und waren noch immer im Kommandozentrum von Alpha.

»Irgendwie scheinen sie die Energie für das positronische System abgeschaltet zu haben«, meinte Tony und wandte sich dem Computer zu. »Wir müssen aber zurück.« Er gab dem Computer ein Diagramm des lokalen Sternsystems ein, und es erschien auf dem großen Schirm. Die Position des Mondes wurde durch ein Blinklicht angezeigt, und dann stellten sie die der Wega fest. Zwischen den beiden Himmelskörpern schien eine Entfernung von etwa einem Lichtjahr zu liegen, und sie vergrößerte sich ständig.

»Ein Lichtjahr?« fragte Helena erschüttert. »Wir werden die anderen niemals wiedersehen!«

»Wir werden nur noch einander sehen, sonst keinen mehr«, pflichtete ihr Tony düster bei.

Helena lief lust- und ziellos in ihrem Zimmer umher. Auf ihrem Arbeitstisch waren eine Menge verschiedener Medikamente aufgereiht, mit denen sie gearbeitet hatte, als Maya kam – und das war nur Stunden her, obwohl es ihr wie etliche Tage erschien. Sie nahm ein Fläschchen mit einem milden Beruhigungsmittel und schüttelte eine kleine grüne Pille heraus. Die schluckte sie mit ein wenig Wasser. Sie hoffte, daß damit die schlimmste Nervosität vorüber sein müsse und ging zu ihrem Recorder. Sie fühlte sich verpflichtet, einen Bericht über die Ereignisse abzugeben.

»Mondbasis Alpha . . .« sagte sie düster. »Statusbericht. Doktor Russell. Wir wissen nicht, was mit John Koenig, Alan Carter und dem übrigen Personal der Mondbasis geschehen ist. Tony Verdeschi und ich sind allein hier in Alpha. Alle Systeme funktionieren nun, aber es war uns nicht möglich, eine Verbindung zur Wega herzustellen, wohin vermutlich alle Alphaner gebracht worden sind. Die Aussicht auf eine künftige sehr große Einsamkeit bedrücken Tony und mich außerordentlich, auch der Gedanke, niemals mehr . . .« Helena zögerte, ihren und Tonys sehr persönlichen Verlust so sachlich zu schildern.

Sie schaltete das Aufnahmegerät ab und ging zum Schreibtisch. Zwischen den Pillendosen stand eine Tasse mit heißem Kaffee. Tony hatte sie vor fünf Minunten gebracht und ihr gesagt, wie wenig erfolgreich seine Versuche waren, mit Wega Kontakt aufzunehmen. Er hatte auch bisher das Rätsel der schnellen Beschleunigung nicht lösen können, mit der die Wega sich von ihnen entfernte.

Helena nahm die Tasse und machte einen neuen Versuch, den Bericht aufzunehmen. Da fiel ihr Blick auf ein Stück zerknülltes Papier unten im Abfallkorb. Am Morgen, das wußte sie genau, war der Abfallkorb ganz leer gewesen, und das Papier erkannte sie als das Einwickelpapier einer Dexetroltablette, und Dexetrol war ein schweres Sedativ. Sie erinnerte sich daran, daß Tony, als er ihr den Kaffee brachte, eine Weile am Tisch gestanden und mit ihr gesprochen hatte.

Sie schnupperte am Kaffee, nippte ein wenig daran und stellte fest, daß er irgendwie bitter und nach Chemie schmeckte. Sie schüttete ihn also in den Ausguß.

Was sie jedoch nicht bemerkte, war ein winziger Schnitt in der Wand, der sich öffnete. Es war ein sehr geschickt getarnter Sehschlitz. In der Dunkelheit dahinter glühte ein Augenpaar vor Befriedigung und Triumph.

Tony konnte an nichts mehr denken als an eine Wiederherstellung der Radioverbindung zu dem rasch verschwindenden Punkt namens Wega. Der Computer konnte ihm keinen Grund für den plötzlichen Sprung in Zeit oder Raum geben, den sie taten, als sie nach Alpha zurückkehrten. Er konnte nur annehmen, daß irgendein Effekt der positronischen Reisemethode sie Monate voraus auf Alpha zurückversetzt hatte und daß ihr Schicksal nun besiegelt war.

Seine Stimme war müde von den ewigen Rufen in den Raum. Er drückte einen Knopf, der automatisch auf allen Frequenzen einen SOS-Ruf aussandte. Wenn man sie überhaupt hören konnte, dann war dies die einzige Möglichkeit. Eine morbide Möglichkeit zog er noch in Betracht: die Weganer könnten erreicht haben, daß die Alphaner ihnen gegenüber gewalttätig geworden waren. In der Mannschaft gab es genug Hitzköpfe, die sich nie umsonst provozieren ließen, wenn sie auch vorher irgendwie gewarnt worden waren. Aber die Androiden konnten nun die Gewalt »erlernt« haben, und dann hatten sie diese angewandt, um alle Menschen, die einheimischen und die von Alpha auf Wega zu töten. Darunter war dann sicher auch Maya, seine geliebte Psychonierin.

Sein unglücklicher Tagtraum wurde abrupt unterbrochen, und zwar ironischerweise von dem Ding, das die ganze Tragödie überhaupt ins Rollen gebracht hatte. Der Pannenalarm im Lebenserhaltungssystem ging los. Tony drückte eine Reihe von Kodedaten in den Computer, und diesmal sah er klar, daß es kein fehlerhafter Stromkreis war. Der Sauerstoff der Mondbasis verflüchtigte sich nämlich aus allen Zonen und das ziemlich schnell.

Er rief Helenas Raum. »Helena? Bist du da?« Das Lazarett meldete sich nicht. »Helena! Helena! Antworte doch, Helena! Wir verlieren unsere Atmosphäre!«

Noch während er sprach, bemerkte er die ersten Anzeichen von Sauerstoffmangel. Der Computer meldete, daß das Leck sich im Operationsraum der Lebenserhaltungsabteilung befand.

Er wußte, daß er jetzt keine Zeit mehr hatte, Helena zu suchen. Er mußte versuchen, das Leck zu reparieren, denn sie hatten nur noch ein paar Minuten Zeit, dann starben sie einen schrecklichen Erstickungstod, ganz gleich, in welcher Abteilung der Mondbasis sie sich befanden.

XV

Es war nicht leicht, den Korridor entlangzulaufen, schon gar nicht in diesem Tempo. Tony hatte das Gefühl, daß sich seine Beine in Schaumgummi verwandelt hatten, und die Wände schienen von einer Seite zur anderen zu schwingen. Er lief jedoch weiter, denn er durfte keine Sekunde verlieren.

Die Tür zum Lebenserhaltungszentrum war nur noch ein paar Schritte von ihm entfernt. Er lief mit einer solchen konzentrierten Zielsicherheit darauf zu, daß er die offene Tür der Hydrophonik-Abteilung nicht bemerkte, und er sah auch Helena nicht, die heraustaumelte und in die andere Richtung ging, sich aber an der Wand abstützte. In ihrer Hand war ein Stunner.

Als er die Tür hinter sich hatte, sah er sofort, daß die Konsole der Hauptkontrolle offen war. Er wußte, daß nur wenige vom Alpha-Personal die Frequenz hatten, mit ihrem Commlockschlüssel die Konsole aufzusperren. Natürlich gehörten er und Helena zu den wenigen.

In der Konsole entdeckte er, daß der Hebel umgelegt worden war, mit dem der gesamten Basis die künstliche Atmosphäre entzogen werden konnte. Mit letzter Kraft schob er den Hebel wieder zurück, und sofort hörte er das leise Zischen der Ersatzluft. Der Alarm hörte im gleichen Moment auf.

Da mit der besseren Sauerstoffversorgung auch seine Kraft wieder zurückkehrte, sperrte er die Konsole ab und wandte sich um, weil er wieder zur Kommandozentrale zurückkehren wollte. Aus einem ihm selbst unklaren Gefühl heraus hielt er seine Waffe bereit, ehe er den Raum verließ.

Helena hatte natürlich sofort erraten, was Tony vorgehabt

hatte, während sie im Drogenschlaf gelegen hätte. Er hatte getan, was ihm möglich war, um den Radiokontakt mit Wega herzustellen, doch eine Antwort schien er nicht bekommen zu haben. Er mußte noch etwas vorhaben, da auch etwas eine Panne in der Sauerstoffversorgung der Basis verursacht hatte. Vielleicht hatte er nur vorgehabt, ihrer Schlafkabine die Atemluft zu entziehen, um sie zu erledigen. Und dann war einiges schiefgegangen. Natürlich wußte sie gar nichts, sie konnte nur vermuten und vermutete daher das Schlimmste.

Als die Tür hinter Helena aufging, wirbelte sie herum und hob ihre Waffe. In eisiger Furcht erstarrte sie, weil Tony sich auf der Schwelle zusammenduckte und sie mit seiner Waffe bedrohte.

Ihr blieb fast das Herz stehen. »Tony«, sagte sie nach einem entsetzlichen Moment mit vor Furcht bebender Stimme, »ich will dich ja gar nicht erschießen. Leg deine Waffe weg.«

Er gab keine Antwort, sondern bewegte sich langsam auf sie zu, die Waffe im Anschlag.

»Tony, leg sie weg, bitte«, flehte sie.

Tony sah aus ihrer Angst und den Tränen in ihren Augen, daß es mit Helena gar nicht so schlimm stehen konnte. »Nur ruhig, Helena«, redete er ihr begütigend zu. »Ich will dir ja nur helfen.«

Helena versuchte nun ihrerseits, Tony zu beruhigen. »Ja, das weiß ich doch, Tony«, antwortete sie. »Deshalb hast du ja auch das Dexetrol in meinen Kaffee getan. Du wolltest mich beruhigen. Aber wenn du das willst, brauchst du nur deine Waffe wegzulegen, sonst nichts.«

Verdeschi wußte nicht recht, wovon sie redete; er nahm an, daß dies zu einer Wahnvorstellung gehörte, die sie veranlaßt hatte, den Sauerstoff abzustellen. »Hast du deshalb das Lebenserhaltungssystem sabotiert?« fragte er.

»Ich?« erwiderte sie ungläubig. »Tony, hör mir zu. Du leidest unter Halluzinationen. Ich habe das Lebenserhaltungssystem nicht sabotiert. Ich kam ihm nicht einmal in die Nähe. Warum sollte ich das auch tun? Ich würde mich doch nur selbst töten.«

Tony überlegte. »Ich weiß auch nicht, weshalb du's getan hast. Wir sind natürlich äußerstem Streß ausgesetzt. Und wenn Menschen sehr einsam sind und keinen Ausweg sehen, sind sie zu den verrücktesten Dingen imstande.«

»Nein, Tony«, antwortete Helena. »Nein.«

»Wir sind die beiden einzigen Menschen auf Alpha. Und ich war die ganze Zeit in der Kommandozentrale. Also kannst es nur du gewesen sein.«

»Aber du mußt doch die Droge in meinen Kaffee getan haben!«

Ein Verdacht keimte in Tony und wuchs schnell von der Möglichkeit zur Wahrscheinlichkeit. Das dauerte nur ein paar Sekunden. Helena deutete seine Miene auch sofort richtig.

»Das heißt, nur du kannst es gewesen sein, außer . . . es ist außer uns noch jemand auf Alpha.« Der Gedanke war noch nicht richtig ausgesprochen, als sie auch schon von seiner Richtigkeit überzeugt war. Sie lachte Tony an und legte ihre Waffe weg. »Kannst du dir vorstellen, daß diese dummen Weganer glaubten, sie könnten uns zum Haß aufeinander treiben?«

Tony lachte schallend, und er war ungeheuer erleichtert. Sie waren zwar noch immer in den Klauen der Weganer, aber er wußte wenigstens, daß Helena nicht verrückt wurde; und daß sie noch immer eine Chance hatten, zur richtigen, echten Mondbasis Alpha zurückzukehren.

»Na, was meinst du?« fragte er. »Sie ahnen ja gar nicht, wieviel Spaß es uns bereitet, bei ihren kindlichen Spielen mitzumachen.«

Helena tat einen fröhlichen Schrei. »Zarl! Zamara! Ihr könnt euch zeigen! Das Spiel ist aus!«

Ein Stück der Wand unmittelbar unter dem großen Schirm schob sich zurück, und die zwei Androiden traten hervor. Da ihr geschickt angelegter Streich so mißlungen war, schauten sie recht mißvergnügt und gekränkt drein.

»Du glaubst also, es sei ein Spiel?« fragte Zamara.

»Vielleicht nicht?« meinte Tony lachend. »Ihr habt euch viel Mühe gemacht, wenn ihr da die ganze Mondbasis Alpha aufgebaut habt, bis zur letzten Einzelheit genau. Das war euer Einsatz – und ihr habt verloren.«

Zamara drehte sich auf dem Absatz herum und stelzte davon. »Diesmal!« schrie sie und verschwand in einem Lichtschimmer, ehe sie noch die Tür erreichte.

Koenig überprüfte die letzten Zustandsmeldungen in der Kommandozentrale, als ein Sicherheitsposten hereingerannt kam. Die Luft im Raum und im ganzen Stützpunkt war kühl und roch muffig und verbraucht. Mehr als die halbe Zeit der ihnen noch zugestandenen Lebensdauer war verflossen. Einer Lösung waren sie noch nicht nähergekommen.

Carter war nicht zu den Eagles durchgekommen. Es gab keine Möglichkeit, die Lufttunnels einzusetzen, und selbst die Geräte, die alle Raumanzugfunktionen kontrollierten, waren ohne Strom. Jeder ionische Transfer auf Luna war von einem Kraftfeld blockiert, so daß es keinen elektrischen Strom gab. Vermutlich ging es den Eagles nicht anders.

Alan bekam vom Sicherheitsmann die dringende Mitteilung und rief sie Koenig zu. »Commander! In der Freizeithalle ist ein Fremder!«

Koenig sprang auf und rannte mit Carter und Maya davon. Durch die offenen Türen der Freizeithalle hörte er die Töne der Neunten Symphonie von Beethoven. Mitten im Takt hörte sie auf, gerade in dem Moment, als Koenig ankam.

Zamara stand an der Kassettenbibliothek und hatte gerade ein Band aus dem Gerät genommen. Sie drehte sich um und schaute ihm ausdruckslos entgegen.

»Wo sind sie?« fragte er.

»Sie sind in Sicherheit«, antwortete sie und ging weiter zu den Regalen der Mikrofilmbibliothek. Viele Tausende der größten Werke der Weltliteratur aller Zeiten waren hier auf winzigen Spulen gespeichert. Sie wählte eine und ließ sie in die Lesemaschine gleiten.

»Warum bist du zurückgekommen?« fragte Koenig.

Zamara schaltete das Gerät ein und stellte es auf schnellen Lauf. Koenig vermutete einen Augenblick lang, daß die Weganerin einfach das Instrument nicht zu behandeln verstand, aber dann stellte er verblüfft fest, daß sie allem Anschein nach so schnell las, wie die Schrift vorbeihuschte.

»Wir brauchten ... zusätzliches Material«, erklärte sie, ohne einen Blick von der Schrift zu lassen.

Aus dem Augenwinkel heraus sah Koenig, wie Carter vorsichtig seine Waffe zog, und er bedeutete ihm, sie wieder wegzustecken. Da er nicht wußte, was mit Helena und Tony geschehen war, konnte er nicht riskieren, etwas Einschneidendes zu unternehmen.

Zamara wechselte die Spule aus, ahnte jedoch nicht, wie nahe sie daran war, die benötigte Information zu bekommen. Als der Film durchjagte, nickte sie. »Ah, Julius Caesar von William Shakespeare ... Und da ist ja auch die Geschichte eines Mordes ...« Sie nahm den Mikrofilm heraus. »E tu Brute.«

»Ein fantastisches Gedächtnis«, bemerkte Koenig.

»Ich habe die Seiten durchgelesen. Sie haben Caesar getötet. Warum?«

Koenig zuckte, von ihrem Interesse verblüfft, die Achseln. »Das war ein politisches Attentat.«

»Seid ihr auf Alpha politisch eingestellt?«

Koenig wurde allmählich ungeduldig. »Nein.«

Zamara suchte einen neuen Film aus und sagte ruhig: »Dann wollen wir also Julius Caesar nicht.«

»Was willst du dann?«

Zamara überhörte diese Frage und wählte ein anderes Buch. Die Seiten ließ sie wieder mit Höchstgeschwindigkeit durch das Lesegerät laufen, und dann hielt sie gespannt den Atem an. »Na, das ist aber jetzt sehr interessant«, bemerkte sie.

Koenig trat näher. »Was ist es denn?«

»Othello«, sagte sie und sah ihn neugierig an. »Dann veranlaßt also die Eifersucht den Menschen, einen anderen zu töten?«

»Ja, Zamara, möglich ist es.« Koenig paßte es gar nicht, daß die Weganerin ausgerechnet eine so düstere Seite der menschlichen Natur zu erforschen gedachte. Auch ohne Romane gab es genug Kampf und Tod im wirklichen Leben. »Es hängt ganz davon ab, wie sehr zwei Menschen aneinander hängen. Nun, wie lange wird es noch dauern, bis Tony und Helena . . .«

»Das ist alles, was wir wissen wollten«, unterbrach ihn Zamara.

»Was willst du eigentlich wissen?« fragte Koenig.

»Daß Eifersucht Gewalttaten auslöst . . . Daß Liebende so eifersüchtig gemacht werden können, daß sie verwunden und töten.«

Als Zamara entmaterialisierte, begann Koenig die einzelnen Stücke der Unterhaltung zusammenzufügen. Zu einem Schluß kam er jedoch nicht, doch er verstand nun den Gedankengang der Weganerin. Und das reichte, um ihm eine panische Angst einzujagen.

»Zamara!« brüllte er. »So geht es nicht . . . bei Helena und Tony!«

Sofort erschien die Weganerin wieder und machte ein enttäuschtes Gesicht. »Und warum nicht?« wollte sie wissen.

»Das betrifft nur Liebende, und Tony und Helena sind nicht ineinander verliebt.«

Die Weganerin überlegte das sorgfältig, etwa wie ein Wissenschaftler, der eine neue Tatsache in eine Theorie einbauen möchte. Sie musterte Koenig schlau. »Wen lieben sie dann?« fragte sie.

Koenig wußte nicht ganz genau, weshalb er es tat, aber selbst wenn es nicht die Wahrheit gewesen wäre, hätte er nicht anders geantwortet, um sich selbst in die Verhandlung einzuschalten. »Ich liebe Helena«, sagte er, wie die Weganerin es erwartete. »Und Tony liebt Maya.« Die Psychonierin ließ verlegen den Kopf sinken, aber Koenig wußte, daß jetzt nicht die richtige Zeit für Empfindlichkeiten war. Mayas Talent konnte ihnen auf Wega recht nützlich werden, falls man sie dorthin zu bringen gedachte.

Im tropischen Garten wartete eine beträchtliche Menge, als

Zamara mit Koenig und Maya ankam. Die Begrüßung zwischen John und Helena und Tony und Maya bestätigte Zamaras Glauben, daß diesmal ihr Plan gelingen mußte.

Sie trat vor Zarl und die anderen. »Ihr habt das Spiel Othello gelesen?« fragte sie.

Koenig schaute auf, denn er selbst hatte gesehen, daß Zamara auf Alpha das Stück gelesen hatte. Warum fragte sie also? Die Weganer nickten alle, und Helena wisperte ihm das Wort »Androiden« ins Ohr. Da begann er zu verstehen.

»Durch dich . . . haben wir es gelesen«, sagte Zarl.

»Diesmal kennen wir die Methode«, fuhr Zamara fort, und die Weganer liefen schnell zum Rand der Lichtung und brachten große, weiche Kissen, Weinkrüge und Musikinstrumente herbei.

Helena wisperte Koenig zu: »John, sie wollen dich benützen.« Sie wußte natürlich nicht genau, was die Weganer vorhatten, doch sie hielt sich an Koenig fest.

»Ja, als Othello«, erwiderte Koenig. »Nur der Teufel weiß aber, weshalb oder wie.«

Tony war unauffällig neben den Commander getreten und sagte leise zu ihm: »Weil sie keine Erfahrung haben in Gewalttaten oder Morden. Sie wollen, daß wir es ihnen zeigen, und dann töten sie uns alle.« Koenig schaute ihn entgeistert an. »Die einzige Hoffnung ist die«, fuhr Tony fort, »zum Hauptcomputer zu gelangen. Durch den Tunnel auf der anderen Seite des Wäldchens, aber er wird von einem starken Kraftfeld geschützt. Wenn wir dorthin gelangen, könnten wir sie alle fertigmachen, weil sie telepathisch miteinander verbunden sind.«

Maya hatte den Schluß gerade noch gehört und nickte, um ihre Absicht anzudeuten. Sie ging vorsichtig weiter zu einer Schar taubenähnlicher Vögel, die durch die Büsche hüpften. Koenig bedeutete ihr, daß er wisse, was sie vorhabe und wandte sich wieder den Weganern und ihren Vorbereitungen zu. Die Kissen wurden zurechtgelegt, Weihrauchstäbchen brannten, und die Lichter waren herabgedreht zu weicher, sinnlicher Schummrigkeit.

Dann begann ein langsamer Trommelschlag. Zamara ging zu den Alphanern. Sie war ihres Erfolges so sicher, daß sie Mayas Fehlen nicht bemerkte.

Dann trat auch Zarl zu ihr, und nun erklärte sie: »Du wirst jetzt gleich diese Frau Helena lieben. Ihr Liebhaber wird wütend werden, und wir haben gewonnen.

»Durch verzehrende Eifersucht . . .«

»Ja.« Zamaras Augen funkelten im Vorgefühl des Sieges. »Alles war da. Othello und Desdemona, der intrigante Jago, der die Liebe eines Mannes in rasende Eifersucht umwandelte, und sie reichte für einen Mord.«

Koenig und Helena sahen einander an, und ihre Augen bestätigten ihr Gefühl füreinander. Dieses Gefühl sollte nun der Treibstoff für einen schmerzlichen und tödlichen Test an Willenskraft werden, aber im Moment war es ihr einziger Trost.

XVI

Die Trommel murmelte leise, und darüber schwangen sich flötengleiche Melodien, wie ein dünner Schleier, der einen sich in erotischen Zuckungen bewegenden Körper bedeckte. Die Kulissen im Garten waren recht romantisch. Jeder Blick, jeder Ton und der betörende Duft heizten das Begehren an. Helena erinnerte sich an das, was sie von den Androiden erzählt bekommen hatte, daß sie weder Haß noch Liebe kannten. Sicher begriffen sie, was Lust war, und in ihrer physischen Perfektion mußten sie auch einige Zeit auf ihr Studium und die nötige Praxis verwendet haben.

Zarl musterte Helena und Koenig nachdenklich. Er gierte nach Information, und diese Gier unterschied ihn von den anderen Androiden. Nervös wisperte er mit Zamara.

»Hast du beobachtet, wie sie einander anschauen?« Den Vorwurf in Zamaras Blick übersah er. »Etwas so Starkes zu fühlen . . . dieses Ding auszulösen, das sie Eifersucht nennen . . . Ob wir da nicht etwas sehr Wichtiges versäumen?«

»Ich habe es dir doch gesagt, Zarl. Die menschlichen Emotionen der Liebe sind eine Schwäche. Nur Haß ist Stärke. Deshalb müssen wir ihn ja auch lernen. Und jetzt tu, was du mußt.«

Zarl nahm wieder seine normale Haltung ein, seine Muskeln spannten sich. Herausfordernd ging er auf Helena zu. Seine Augen blickten sie voll verzehrender Gier an. Er nahm sie bei der Hand und führte sie in eine Grotte hinein.

Tony wisperte Koenig eine Warnung zu. »Er will dich reizen. Du mußt stark bleiben, bis Maya zum Computer kommt.«

Koenig nickte, aber seine Fäuste spannten sich schon.

Zamara befahl Zarl: »So küsse sie doch! Liebe sie!«

Helena bemerkte ein momentanes Zögern, als Zarl mit seinen Zweifeln kämpfte. Dann zog ihn die Kaft der zusammengeschmiedeten Androidengeister zu ihr, oder er zog sie an, nahm sie in die Arme und drückte seine Lippen auf ihren Nacken.

Koenig war wütend, und er zitterte, als er sah, wie man mit Helena umging. Helena drehte ihr Gesicht weg, weil sie sich von Zarl nicht küssen lassen wollte und zeigte ihm, wie wenig sie von ihm beeindruckt war.

Koenig sprach aus dem Mundwinkel mit Tony. »Wie lange wird sie wohl durchhalten?« fragte er.

Aus dem Schatten heraus kam plötzlich Zamara, und ihre Stimme zischte wie die einer wütenden Schlange. »Schau mal, Lord Othello. Deine Desdemona bietet dir keinen Widerstand, um ihre Tugend zu retten. Vielleicht findet sie Zarls Aufmerksamkeit erfreulicher als die deine?«

Koenig spannte sämtliche Muskeln an, und er war nahe daran, die beiden auseinanderzureißen. Die Musik war noch verführerischer geworden, ja, hypnotisierend, so daß Zarls und Helenas Bewegungen immer provokativer wurden.

Tony wich nicht von Koenigs Seite. Am liebsten hätte er ihn an der Schulter gepackt und ihn nötigenfalls zurückgehalten. Vor allem wollte er ihm damit sein Mitgefühl mitteilen. Aber wenn dies erst nötig war, würden die Weganer sein Tun als Gewalttat auslegen, und das genügte dann, um sie selbst zur Gewalt anzustiften.

»Der Tanz geht nun dem Höhepunkt entgegen«, kündigte Zamara genüßlich an. »Die Zeit ist nahe.«

Um die ganze Lichtung herum waren die erwartungsvollen Augen der Weganer auf das Paar gerichtet, als Zarl begann, Helena zum Tanz zu zwingen. Sie mußte sich immer schneller drehen. Er stieß sie weg und zog sie an sich, er umfaßte ihren Körper zu kurzen, fast gewalttätigen Zärtlichkeiten. Sie atmete rasch, ihr Herz schlug heftig von der Anstrengung des Tanzes, aber auch von einem Gefühl, das sie nicht recht beschreiben, aber auch nicht ausdrücken konnte. Zarls Liebesspiel drang allmählich zu ihr durch.

Abrupt hörte die Musik auf. Jede falsche Illusion wurde damit weggewischt, daß dieser sinnliche Tanz alles sei, was beabsichtigt war. Zarls Gesicht zeigte keine Unsicherheit, und mit kraftvollen und zielbewußten Bewegungen zerrte und stieß er Helena zu einem Kissenhaufen.

Ehe Koenig endgültig in das teuflische Spiel eingreifen konnte, hörte er ein dringendes Wispern von Tony. Er schaute sich um und sah eine Taube, die unter den Blättern herauskam und zu den anderen trippelte. Die Weganer waren alle viel zu sehr mit Zarl und Helena beschäftigt; sie warteten gierig darauf, daß er Helena auf die Kissen drückte. Deshalb hatten sie auch den Lichtschimmer nicht bemerkte, in dem die Taube sich wieder in Maya verwandelte.

Sie huschte zu Koenig.

»Es ist mir gelungen, zum Computer zu gelangen. Ich bin über das Kraftfeld geflogen. Es ist oben nicht so stark wie unten am Boden.«

Koenig furchte ungeduldig die Brauen, denn er wollte nur wissen, was sie getan hatte, um den Weganern Einhalt zu gebieten, ehe es zu spät war.

Voll Bedauern erklärte Maya: »Der Computer hat ein Schutzprogramm, das mit seiner Existenz gekoppelt ist. Es ist also ausgeschlossen, es auszuschalten oder zu überbrücken. Wenn eine Funktion gestört wird, stellen die Energiestabilisatoren sofort die Arbeit ein. Die ganze Stadt würde dann aber in den Raum geblasen werden.«

»Aber was können wir dann tun?« fragte Koenig verzweifelt. »Mehr von dem hier kann ich nicht ertragen!«

»Die einzige Möglichkeit ist, das schwächste Glied der Kette anzugreifen . . . Wenn wir einem der Androiden eine Panne beibringen könnten, könnten wir damit alle ausschalten, den Computer eingeschlossen.«

Tony hatte mitgehört und schnippte nun mit den Fingern. »Ah, wie eine Christbaumbeleuchtung! Wenn eine Birne durchbrennt . . . ist der ganze Stromkreis durchbrochen, und alle Lichter gehen aus.«

»Was tun wir dann? Können wir einen Stunner benützen?« fragte Koenig, der nicht hinzuschauen wagte, um zu sehen, wie weit zwischen Zarl und Helena sich die Dinge entwickelt hatten.

»Nein«, warnte Tony. »Bei Androiden wirkt das nicht. Außerdem bekommen sie die gewünschte Information, wenn eine Waffe benützt wird. Ihre Computer würden sie kopieren können, und in wenigen Minuten wären alle Androiden damit ausgerüstet.«

Mitten in dieses verzweifelte Schweigen hinein hörte Koenig ein leises Stöhnen. Dann folgte ein Schrei wilden Begehrens, und er wußte, daß Helena nicht mehr sie selbst war. Mit einem Röhren des Hasses wirbelte er herum und rannte auf Zarl zu.

Aber Zarl wartete schon in aller Ruhe auf Koenig. Mayas Warnruf kam nicht an, denn Koenig holte aus und landete einen vollen Schwinger an Zarls Kinn, so daß dieser rückwärts taumelte.

Die triumphierende Zamara warf sich lachend zwischen sie. Koenig war aber außerordentlich über Zarls Reaktion erstaunt, da nun seiner Eifersucht der Dampf abgelassen war. Der Weganer hatte den Schlag hingenommen, ohne mit der Wimper zu zucken; er war nur rückwärts getaumelt, weil der Schlag ihn einfach zu hart traf und ihn aus dem Gleichgewicht schleuderte. Daß er Schmerz fühlte oder einer Ohnmacht nahe war, konnte niemand feststellen.

»Ihr habt es also gesehen!« schrie Zamara den Androiden

zu. »Man hat es euch gezeigt, also macht es nach! Tötet sie!«

Die Gruppe Weganer begann den Schlag zu üben, den Koenig geführt hatte, aber das taten sie untereinander. Keiner schien Schaden zu leiden, obwohl die Schläge lauter und dumpfer wurden, je geschickter sie sich dabei anstellten.

Zarls Analyse war viel rascher, da er ja den Schlag empfangen hatte. Er hob die Faust und trat drohend auf Koenig zu. Dieser zog sich zur anderen Seite eines kräftigen Holztisches zurück. Zarl beschloß, sich den Weg mit dem frisch gelernten Schlag freizuboxen. Mit der Stärke des Roboters knallte er seine Knöchel auf den Holztisch, der wie eine Streichholzschachtel zersplitterte.

Koenig tat schnell ein paar Schritte zurück, und Zarl griff ihn ebenso zielbewußt an wie vorher Helena, aber natürlich zu einem ganz anderen Zweck. Sie sprang zwischen die beiden und schob sich vor Zarls erhobene Faust.

»Zarl«, bat sie leise, »Bitte, nicht . . .«

Die Wirkung auf den Androiden war viel größer als Koenigs Angriff. Seine Augen blinzelten verwirrt – und betrübt.

»Du gehörst nun nicht mehr zu ihnen«, fuhr Helena fort. »Du kannst du selbst sein. Für dich selbst denken. Du mußt es nur wollen.«

Starke Gefühle wirbelten durch Zarls Gehirn. Sie blendeten ihn. Schmerz zuckte durch sein Gehirn, ihm folgte milder Frieden. Das kollektive Bewußtsein drang auf ihn ein, um ihn in den Gruppengehorsam zurückzuzwingen, aber es geschah mit viel zu großer Kraft. Wenn man ein nasses Seifenstück mit einer nassen Hand zu fest nimmt, rutscht es einem aus der Hand und schießt davon. Etwa so geschah es mit Zarls Persona.

Zamara schrie vor Entsetzen. »Zarl, töte sie! Töte sie!«

Helenas Stimme war ruhig, sanft und ein wenig drängend. »Du brauchst nur noch einen Schritt zu tun, dann weißt du, wie wir fühlen. Du könntest dann ein Mensch werden . . .«

Schnell trat Koenig an Helenas Seite und legte ihr zärtlich den Arm um die Schultern. »Zarl«, sagte er mit einem kameradschaftlichen Lächeln, »ich sehe schon, daß du mitleiden kannst. Jetzt willst du Liebe spüren. Das kannst du. Sieh uns an, und du wirst es erleben.«

Zamara kam herangelaufen in der Absicht, selbst die Alphaner zu töten, aber da gab es in ihrem Kopf einen Hitzeblitz, der sie in die Knie brechen ließ. »Siehst du denn nicht, was du tust, Zarl?« schrie sie. »Hör auf, Zarl! Nein, nein, nein! Laß sie nicht . . .«

»Es ist deine persönliche Wahl, Zarl«, drängte Koenig. »Zamara hat unrecht. Liebe ist auch Stärke. Tu den letzten Schritt. Tu ihn. Dann wirst du es erleben.«

Zarl erlebte Verzweiflung und Entzücken, und er konnte nicht mehr verstehen, welche Loyalität ihm welches Gefühl bescherte. Langsam ließ er die zur Gewalttat erhobenen Arme sinken und streckte sie aus. Er legte sie langsam, sehr langsam um Helena und John, und wenn er sie zu Brei hätte zerdrücken wollen, so wäre ihm das bei seiner Kraft leicht möglich gewesen.

»Bleib keine Maschine«, bat ihn Helena lächelnd. »Werde menschlich.«

Zarls Hände berührten sie, und für einen Sekundenbruchteil lächelte er. Sein Gesicht legte sich in die natürlichen und instinktiv richtigen Falten lächelnder Freundschaft.

Plötzlich veränderte sich der Garten, unsichtbar zwar, aber fühlbar. Die raffiniert angelegten Lichter gingen aus, und kleine, grelle Notlichter blitzten auf. Das Laubwerk senkte sich, die Blätter welkten in Sekundenschnelle, die Blumen verloren ihren Glanz. Die Lufttemperatur fiel um mehrere Grade.

»Was ist das?« fragte Koenig. »Was geht da vor?«

Maya nickte. »Ist schon gut«, sagte sie. »Der Hauptcomputer hat gerade seinen Geist aufgegeben. Es muß aber ein sehr primitives Hilfssystem geben, das den Betrieb übernommen hat.«

Helena kniete neben Zarl, der an ihr vorbei in den Raum starrte. Er schien sich über ein Erlebnis zu wundern, das er einfach nicht begreifen konnte. Die anderen Androiden hatten sofort zu funktionieren aufgehört. Sie standen erstarrt in den irrsten und unmöglichsten Posen da und sahen nur noch aus wie gut modellierte Schaufensterpuppen.

»Du hattest recht«, sagte Zarl leise, als sich sein Blick Helena zuwandte. »Ich habe es gefühlt.«

»Es tut mir leid, Zarl«, sagte Helena schluchzend. »Es tut mit wirklich sehr leid.«

»Bitte, es braucht dir nicht leid zu tun. Es war wert, diesen . . . einen Moment . . . der Menschlichkeit erlebt zu haben.«

Zarls Gesicht erstarrte. Seine Funktionen hörten für immer auf. Koenig sah auf ihn hinab. Trotz allem hätte er gewünscht, dieser Weganer hätte überleben können.

Die Nummern wußten schon, was geschehen war, und sie kamen langsam auf die Lichtung. Tränen der Dankbarkeit liefen ihnen über die Wangen. Die häßlichen Masken hatten sie alle abgelegt, und sie machten sich sofort daran, den Schrott der Androiden wegzuschaffen.

Koenig nahm sein Commlock vom Gürtel und versuchte die Mondbasis zu rufen.

»Alpha an Commander Koenig«, kam die sofortige Antwort von Yasko. »Die Mondbasis funktioniert wieder voll.«

»Das freut mich aber«, antwortete Koenig. »Könnt ihr uns eine Eagle schicken, die uns abholt?«

»Sofort, Commander. Ende, Alpha.«

Auf der Lichtung wurde es immer kühler. Die Luxusumgebung, die der Computer geschaffen hatte, fiel sehr schnell in sich zusammen, und der Atem der Alphaner kam wie Dampfwolken aus Nasen und Mündern.

Die Nummern, die wieder in ihre Rechte eingesetzten Menschen, waren über ihre Befreiung so glücklich, daß sie kein Unbehagen darüber verspürten. Nummer 8 strahlte Koenig dankbar an.

»Was wollt ihr jetzt tun?« fragte der Commander.

»Wir werden oben leben, wie unsere Vorfahren es taten.« Der Mann lachte in seiner Vorfreude. »Das Klima ist zwar entsetzlich rauh, und wir müssen ständig ums Überleben kämpfen. Wir müssen wieder jagen lernen und Farmen betreiben. Ah, das wird wundervoll!«

Helena wärmte sich die eiskalten Fingerspitzen. Ihr gefiel diese Zukunft nicht. Man hatte ihr erzählt, die ganze Planetenoberfläche sei ständig mit Schnee bedeckt, und der Wind wehte kaum einmal mit weniger als hundert Meilen Geschwindigkeit in der Stunde.

Koenig nahm ihre Hände und wärmte sie in den seinen. »Dieser Zarl war schon ein Roboter . . .«

Sie gab ihm vorsichtig recht.

»Er sah gut aus, war aggressiv maskulin . . .« fuhr Koenig fort.

»Er hatte ein paar recht nette Züge.«

Der Commander wurde sofort ungehalten, als sie eine günstige Meinung über den gewesenen Androiden äußerte, obwohl er doch selbst damit angefangen hatte. »Soll das irgendein . . . Urteil sein?« fragte er barsch.

»Nur eine Feststellung von Tatsachen«, erwiderte Helena lachend.

»Wenn du es so hinstellen willst . . .«

Helenas Hände schlüpften aus den seinen. Sie zog seinen Kopf ein wenig zu sich herab. »Ich ziehe aber einen vollkommenen Menschen vor«, erklärte sie nachdrücklich.

Koenig wurde davon innerlich beglückt. Er wußte ja auch genau, wie es gemeint war. Er setzte zwar noch immer eine strenge Miene auf, doch er fragte: »Soll das . . . von dir als . . . Kompliment gemeint sein?«

In der Ferne röhrten die Jets einer Eagle. Es war ein sehr willkommenes Geräusch, das ihre Unterhaltung unterbrach. Beide lachten vor Glück. Sie wußten, jetzt würden sie bald wieder zu Hause sein . . . zu Hause auf Alpha . . .

– ENDE –

FERNSEH-KRIMI

Als Band 38032 dieser aktuellen Taschenbuchreihe erscheint ein packender Roman mit Lieutenant KOJAK:

KOJAK UND DIE SANFTE MÖRDERIN

Lieutenant Kojak starrt auf den Toten. »Joseph Magid«, murmelt er kopfschüttelnd, »du hast es weit gebracht mit deinen fünfunddreißig Jahren. Diamantenbesetzte Manschettenknöpfe und Ölquellen, aber keinen Herzschlag mehr. Das ist eine lausige Art, den Tag zu beginnen.« Er stößt ein gereiztes Lachen aus. Das Schrillen des Telefons schneidet dazwischen. »Hallo!« bellt Kojak in die Sprechmuschel.
»Mein Name ist Carla Magid.« Die Stimme kommt schwach und brüchig. »Ich habe meinen Mann getötet. Bitte, sorgen Sie für meine Babys!« Kojak schluckt. »Babys? Was für Babys? Wo sind Sie, Madam? Ich möchte Ihnen helfen!«
Ein trockenes Schluchzen. Dann sagt die Stimme der Frau müde: »Helfen? Okay, finden Sie meine Leiche, wenn alles vorbei ist . . .«

Diesen neuen Kojak-Knüller erhalten Sie überall im Buch- und Zeitschriftenhandel. Preis 3,80 DM.

BASTEI LÜBBE